なみだ縮緬《ちりめん》

着物始末暦 五

中島 要

時代小説文庫

角川春樹事務所

本書は時代小説文庫（ハルキ文庫）の書き下ろし作品です。

目次

着物始末暦
舞台地図

大川（隅田川）

神田川
昌平橋
筋違御門
和泉橋
新シ橋
柳原通
浅草御門
両国橋
●米沢町
『井筒屋』
大川（隅田川）
●岩本町
一膳飯屋『だるまや』
●白壁町
余一の住まい
●大伝馬町
紙問屋『桐屋』
一石橋
日本橋
江戸橋
●日本橋通町
呉服太物問屋『大隅屋』
呉服橋

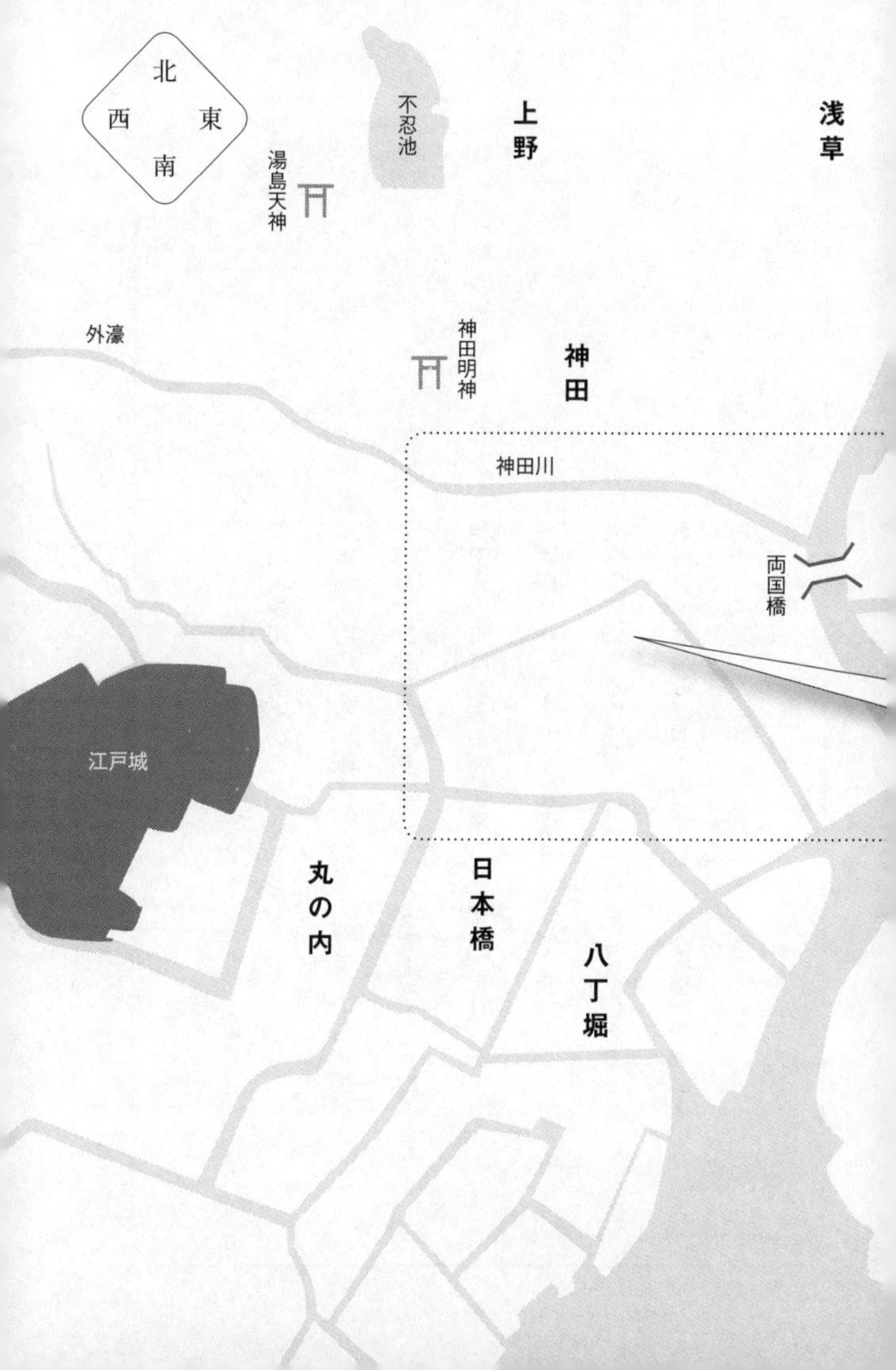
北
西
東
南
不忍池
上野
浅草
湯島天神
外濠
神田明神
神田
神田川
両国橋
江戸城
丸の内
日本橋
八丁堀

主要登場人物一覧

余一《よいち》　神田白壁町できものの始末屋を営む。

綾太郎《あやたろう》　日本橋通町にある呉服太物問屋『大隅屋』の若旦那。

六助《ろくすけ》　柳原にある古着屋の店主。余一の古馴染みで、お調子者。

お糸《いと》　神田岩本町にある一膳飯屋『だるまや』の娘。

清八《せいはち》　一膳飯屋『だるまや』の主人。お糸の父親。

お玉《たま》　大伝馬町にある紙問屋『桐屋』の娘。綾太郎の妻。

おみつ　お糸の幼馴染み。お玉の嫁入りで『大隅屋』の奉公人になる。

なみだ縮緬

着物始末暦（五）

神の衣

一

日本橋の十軒店《じっけんだな》では、毎年雛市《ひないち》が開かれる。

そのにぎわいはたいそうなもので、懐中物を奪われる者が跡を絶たない。

誰の目も雛人形に釘づけの上、懐には金がある。巾着切《きんちゃくきり》にしてみれば、まさしく狙《ねら》い目なのだろう。

おみつも昔、幼馴染《おさななじ》みのお糸《いと》の父、清八《せいはち》に連れられて十軒店の雛市を見に行ったことがある。お糸と二人で時を忘れ、豪華な衣装の雛人形を夢中になって眺めたものだ。

こんなお雛様を持っているのはどんなお嬢さんだろうと考えもした。

そういう人に仕《つか》えるとは、夢にも思わなかったけれど。

「おみつ、どうしたらいいかしら。さすがにこれはまずいわよね」

三月一日の五ツ半（午前九時）過ぎ、お玉《たま》は困った様子で呟《つぶや》く。おみつも輪をかけたしかめっ面でうなずいた。

「当たり前じゃありませんか。つくづく御新造《ごしんぞ》さんにも困ったものです」

二人がじっと見つめる先は、床の間に活けられた桃の花でも、その脇に飾られた豪華な雛人形でもない。奥の衣桁《いこう》にかけられた色鮮やかな振袖《ふりそで》である。

「お嬢さんは大隅屋《おおすみや》の養女じゃなく、若旦那《わかだんな》の嫁ですよ。それなのに振袖を着ろだなんて、何を考えていなさるんだか。こんなことが世間に知られたら、お嬢さんの正気が疑われます」

奉公人の分際で言いすぎだとはわかっていても、おみつは言わずにいられなかった。

大伝馬町《おおでんまちょう》の紙問屋、桐屋《きりや》の娘であるお玉が通町《とおりちょう》の呉服太物問屋、大隅屋の跡取りである綾太郎《あやたろう》に嫁いで、もうじき三月になる。

しかし、お玉の見た目は未《いま》だ嫁入り前と変わらない。幼くして嫁いだ娘が白歯で通すことはあっても、お玉はすでに十八である。いつまでも髪を島田に結い、眉《まゆ》も残したままとなれば、世間から奇異の目で見られてしまう。それを承知でお玉が丸髷《まるまげ》を結わないのは、姑《しゅうとめ》のお園《その》のせいだった。

——眉を落として鉄漿《おはぐろ》をつけると、女はいきなり老けるのよ。せっかく若くてかわいらしいんだもの。しばらくそのままでいてちょうだい。

着道楽で「息子より娘が欲しかった」と口にしてはばからない御新造は、義理の娘を着飾らせて連れ歩くことが楽しいらしい。自分が若い頃に着た派手なきものを仕立て直し、嫁のところに持って来る。

最初のうちは「かわいがってもらえて、ありがたいわ」と喜んでいたお玉でさえ、「おっかさんはいつまで続ける気かしら」と、おみつにこぼし始めていた。

そして昨日、とうとうお園が振袖を持って来たのである。

――娘ができたら、一緒に雛祭りを祝いたいと思っていたの。三日はぜひ、これを着てちょうだいね。

その振袖は青磁色《せいじいろ》（緑みを含んだ明るい青色）の地に桃の花が描かれており、霞《かすみ》がかった弥生《やよい》の空と薄紅色の桃の花をそのままきものにしたような品だ。雛祭りを祝う衣装として、これほどふさわしいものはないだろう。

だが、どれほど見事な品であろうと、お玉は綾太郎の妻である。振袖は元服前の少年や未婚の娘が着るもので、一人前の女が袖を通すものではない。おみつが眉をひそめる前で、お園は嫁の手を取った。

――この袖を短くしたら、値打ちがぐんと下がってしまうわ。雛祭りに振袖はつきものだし、家の中で着る分には構わないでしょう。

桃の花は長い袖の下半分に描かれており、「袖を短くしたら値打ちが下がる」という姑の言い分はよくわかる。

しかし、いくら雛祭りが女の子の節句でも、十八の嫁に振袖を着せて「女の子」と言うのは無理がある。どうでも身内と祝いたいなら、「一日も早く女の孫を産んでくれ」と嫁に頼むのが筋ではないか。

おみつは憤慨したけれど、お玉は振袖を受け取った。嫁いで間もない立場では面と向かって否やは言えない。嫁と女中の気持ちも知らず、姑は上機嫌で去って行った。

こういう場合、普通は亭主や舅《しゅうと》が姑を窘《たしな》めるものである。だが、大隅屋の主人は婿養子で、己の妻にめっぽう弱い。跡継ぎの綾太郎も母に頭が上がらないため、お園に意見できる者はこの店にいなかった。

「やっぱり、お嬢さんが一日も早く子を産むべきです。御新造さんは女の子が欲しいようですから、男女ひとりずつ産まないと」

女の子が跡継ぎだと、お園の二の舞になりかねない。おみつが強い調子で言えば、お玉は嫌そうに眉を寄せる。

「だから、そういうことを言わないでって、さんざん言っているじゃないの。それに孫が生まれたところで、この振袖を着られるのは十年以上先の話よ」

「きものは腐ったりしませんから、十年先でも平気です、それにお腹《なか》が大きくなれば、御新造さんだって考えを改めるに決まっていますす」

「おっかさんは、綾太郎さんに手をかけなかったことを悔やんでいなさるのよ。それで、あたしを実の娘のように扱うんだわ」

お園は商い上手な婿を取って、次の跡継ぎを産むことだけが己の務めと思っていた。

義理の娘を構うことで、遅ればせの母親気分を味わっているのだとお玉は言う。だとしても、おみつはうなずけない。

「御新造さんが子育てをしたがっていなさるのなら、一日も早く孫を産んで差し上げるのが嫁の務めというものです」

ここぞとばかりに言い切ったとき、顔をしかめていたお玉がいきなり手を打って立ち上がった。

「いけない。今日は天乃屋《あまのや》さんに呼ばれていたんだわ。おみつ、急いで駕籠《かご》を呼んでちょうだい」

そういえばそうだったと、おみつも慌てて腰を浮かせる。思いがけない振袖騒ぎですっかり忘れていた。

「申し訳ありません。すぐに呼んで参ります。その間に、お嬢さんは支度をなさってくださいまし」

足音が響くのも構わずに、おみつは座敷を飛び出した。

二

浅草田原町《たわらまち》にある紙問屋の天乃屋は、桐屋の遠縁ということになっている。だが、本当は駆け落ち者だったお玉の祖父母ににせの人別を与え、紙の商いを教えてくれた大恩人である。ただし、それを知っているのは桐屋の主人の光之助《こうのすけ》とお玉に仕えるおみつだけだ。

今の天乃屋の旦那様は、桐屋との本当の関《かか》わりを承知なさっているのかしら。お嬢さんのお供で何度かうかがっているけれど、裏の事情を知ってから、お邪魔するのは初めてだわ。

お玉の乗った駕籠の後ろを歩きながら、おみつはあれこれ思いを巡らす。今年の春は暖かく、綿入れを着て急ぐ身体《からだ》はうっすら汗をかき始めた。

ついこの間まで寒い寒いと思っていたのに、時が経《た》つのは早いものだ。そろそろ綿入れを解いて袷《あわせ》の支度をしなければ。おみつはこれからやるべきことを頭の中に書きとめる。

一年の内でもっとも長く着るのが綿入れで、次に長いのが単衣《ひとえ》である。袷を着ていられるのはごくわずかな間だけだ。

そのくせ、着るなら袷がいいと考えている女は多い。綿入れと違って身体がほっそりして見えるし、汗でしわになりやすい単衣よりも見栄えがいい。

もっとも何を着たところで、あたしじゃたかが知れているけど。自嘲《じちょう》めいた笑みを浮かべ、おみつはすれ違う人々に目を向けた。

ところ構わずおしゃべりに夢中の娘たちは、揃《そろ》って春らしい柄の帯や明るい色の半衿《はんえり》を身に着けていた。豪華な振袖は着られなくても、町娘は工夫を凝らして春の装いを楽しんでいる。

ただし、腰のしごきだけは申し合わせたように地味なものを締めていた。京の老舗《しにせ》呉服問屋、井筒屋江戸店《いづつやえどだな》による「絹のしごきによる美人番付」は、今も娘たちの心にわだかまりを残している。

真っ赤なしごきはとびきりの美人にのみ配られ、人並みやそれより劣る器量の娘には薄い色が配られる――そんな噂《うわさ》が流れたとたん、目の色を変えて欲しがったしごきは己を貶《おとし》める目印となった。今でも締め続けているとしたら、美人の証《あかし》の真っ赤なしごきをもらった娘だけだろう。

そういえば、お糸ちゃんも真っ赤なしごきをもらったと、だるまやのおじさんが言っていたっけ。店の客に懇願されて渋々もらいに行ったらしいが、当の本人からは何も聞かされていなかった。

人並み外れた器量のよさを鼻にかけないお糸のことだ。同い年の幼馴染みに気を遣っているのだろう。それとも、大隅屋の商売敵に絹のしごきをもらったことを後ろめたく思っているのか。なまじ遠慮をされてしまうと、こっちからは聞きづらい。

井筒屋に関わることならば、何でも知っておきたいのに。お糸ちゃんてば、変なところで他人行儀なんだから。

おみつは口を尖《とが》らせて、歩幅をさらに大きくした。

はるか昔、京の井筒屋は娘を豪商の妾《めかけ》にして、傾いた店を立て直そうとした。それを嫌って手代と江戸に逃げたのが、お玉の祖母のお比呂《ひろ》である。

そして、何十年も経った今になって桐屋の素性を嗅《か》ぎつけた井筒屋の主人は、「お玉を跡取りの嫁に寄越せ」と光之助に申し出た。光之助がそれを断ると「大隅屋との祝言は取りやめろ」という脅し文が桐屋に届き、嫌がらせまで始まった。

傾いていたという昔と違い、今の井筒屋は江戸店を出すほど繁盛している。にもかかわらず、お玉を無理やり手に入れようとしたり、絹のしごきで娘を釣って、美人番付をするなんて。「足利《あしかが》の御代《みよ》から続く」老舗とは、とても思えないやり口だ。

——江戸で商いをする者にとって、後藤屋《ごとうや》と縁を結ぶことは大きな意味を持つんだよ。

おみつに桐屋の秘密を打ち明けたとき、光之助はそう付け加えた。

お玉の母のお耀《てる》は、江戸一番の両替商、後藤屋の先代の娘である。お玉が井筒屋の商売敵に嫁いだら、「今度は綾太郎さんに災いが及ぶかもしれない」と光之助は案じていた。

そんな入り組んだ裏の事情をお玉は知らない。「一日も早く大隅屋の跡継ぎを産んでください」とせっつくおみつに腹を立てていたけれど、今度の振袖騒ぎで少しはその気になればいい。

お嬢さんと大隅屋の若旦那は歴とした夫婦なんだもの。傍で見ていてじれったいのは、余一《よいち》さんとお糸ちゃんだけで十分よ——胸の痛みをごまかして、おみつは我が身に言い聞かせた。

いつも不機嫌な職人は、何だかんだと文句を言っても、おみつを見捨てることはない。

余一は天涯孤独の身で、実の親に見捨てられた自分に同情しているだけだ。頭ではそうわかっていても、思いはどんどんふくらんでいく。けれど、お糸が恋敵では、張り合ったところで勝ち目はない。

お糸ちゃんに頼んだきものもそろそろ仕立て上がるはず。二人が一緒になってしまえば、あたしだって諦《あきら》めがつくわ。

半ばやけくそで思ったとき、お玉を乗せた駕籠が天乃屋に到着した。

「お玉ちゃん、よく来てくれたわね」

愛想よく出迎えてくれたのは、天乃屋の御新造、お節《せつ》だった。主人は急な用事ができて、先ほど出かけてしまったそうだ。

「うちの人もお玉ちゃんに会えるのを楽しみにしていたんだけど。間が悪くて本当にごめんなさい」

座敷でお茶を勧めながら、お節はふくよかな顔に申し訳なさそうな表情を浮かべている。こんな顔をされてしまえば、誰だって文句は言えないだろう。

「とんでもない。あたしのほうこそ、すっかりご無沙汰《ぶさた》をしてしまって。おばさんに頭を下げられたら、ますます立場がありません」

「そう言ってもらえると助かるわ」

にっこり笑ったお玉を見て、お節は胸に手を当てる。ほっとしたようなそのしぐさには、大店の内儀にありがちな権高さはみじんもない。紺の高麗格子《こうらいごうし》のきものも何度も見たことがあるものだ。

お節を知らない者が見れば、十中八九大店の御新造とは思わないだろう。おみつも初めて会ったとき、お玉の母のお耀と比べて面食らった覚えがあった。

「それにしても、お玉ちゃんは嫁入り前と変わらないわね。いえ、嫁入り前より娘らしくなったというか」

ひどく言いにくそうな相手にお玉は苦笑する。

「おじさんがいなくて、かえって助かりました。こんな恰好《かっこう》を見られたら、怒られてしまいそうですから」

今日のお玉は東雲《しののめ》色の地に菜の花と白い蝶《ちょう》の柄のきものを着て、髪はもちろん島田髷だ。とても亭主持ちには見えないが、いつもお園がそばにいるので非難されたことはない。お節は下がり気味の目をしばたたいた。

「そのきものはかわいらしくてよく似合っているけれど……世間の目もあることだし、もう少し人妻らしくしたほうがいいんじゃないかしら」

「あたしもそう思っているんですけど、まだ老け込むことはないって大隅屋のおっかさんがおっしゃるので」

お玉がそう言い終える前に、お節は口調を一変させた。

「やっぱり、大隅屋の御新造さんがそんな恰好をさせているのね。おばあ様のお下がりを好んで着ていたお玉ちゃんですもの。派手に着飾って遊び歩いているなんて、おかしいと思っていたんですよ」

「あの、どういうことでしょう」

お玉が大きな目を瞠《みは》ると、おみつもすかさず身を乗り出す。

「うちのお嬢さんが派手に着飾って遊び歩いているなんて、誰にお聞きになったんですか」

「それは手前が申しました」

急《せ》き込むようにして尋ねれば、襖《ふすま》ごしに声がする。待つほどもなく襖が開き、声の主が姿を見せた。

「礼治郎《れいじろう》、盗み聞きなんて失礼でしょう」

「盗み聞きだなんて人聞きの悪い。いつ呼ばれるかと、そばで待っていただけですよ」

挨拶《あいさつ》もせずに入ってきたのは、がっしりした身体つきの男だった。

余一よりは年下で、綾太郎より年上だろうか。顔立ちは一見やさしげで、右の眉尻《まゆじり》のすぐそばに墨が飛んだような黒子《ほくろ》がある。

ここでは初めて見るけれど、ずいぶん遠慮のない人ね。御新造の隣に座る男をおみつが訝《いぶか》しく思ったとき、お玉がうれしそうな声を出した。

「礼治郎さん、いつ天乃屋に戻ったんです」

「今年の正月です。美濃屋《みのや》から暇を出されまして」

「おまえこそ人聞きの悪いことを言わないで。お玉ちゃん、礼治郎の奉公は初めから十年という約束だったの」

慌てる御新造に、お玉は「わかっています」と笑いながらうなずいた。

「商いを覚えるためとはいえ、他所《よそ》のお店に十年も奉公するなんて、さぞかし大変だったでしょう」

「天乃屋を継ぐ者は、他所で商いを覚えるのが習わしですから。過ぎてしまえば、十年なんてあっという間です」

三人のやり取りから察するに、礼治郎は天乃屋の跡継ぎで、長らく他の店で奉公をしていたらしい。若旦那の割に言葉遣いが丁寧なのはそのせいだろう。お玉にとっては、ずっと会っていなかった幼馴染みということか。

そんな相手と再会したら、興奮だってするだろう。だが、今は怪しい噂について問い質《ただ》すことが先決だ。おみつがそっと袖を引けば、お玉は我に返ったらしく手で口を覆った。

「あたしったら懐かしくてつい……礼治郎さん、あたしが派手な恰好で遊び歩いているなんて、いったい誰から聞いたんですか」

「さる大店の御隠居さんがうちと桐屋の間柄を知っていてね。わざわざ報《しら》せてくださったんです」

礼治郎はそう言って、もの憂げな顔でかぶりを振る。

「まさか、お玉ちゃんが嫁いだ後もそんな恰好をしていたなんて。年に似合わぬしっかり者だと聞いていたのにがっかりです」

非難がましいまなざしにお玉は言葉をなくしている。おみつはたまらず声を上げた。

「お嬢さんがこんな姿をしているのは御新造さんに頼まれたからで……お嬢さんの本意ではないんです」

「どんな事情があろうとも、こんな恰好をしていれば誰だって誤解します。男にちょっかいをかけられたって、とても文句は言えないでしょう」

「お嬢さんは御新造さんのお供で出かけているだけです。あたしもついて行きますし、見ず知らずの男なんて断じてそばに寄らせません」

「それを通りすがりの人たちにも触れて歩くのですか。誤解されたくないのなら、そんな恰好をしなければいい」

「ですから、それは」

「ひょっとして、嫁だから姑の言いなりになっているとでも？　奉公人は立場を忘れて、言いたい放題言っているのに」

嫌味な笑みを浮かべられ、おみつの頭に血が昇る。「奉公人の分際で」と叱《しか》られるのは、いつものことだ。口ごたえをすべきではないとわかっていたが、どうしても言わずにいられなかった。

「御新造さんにものを言えないのは、お嬢さんだけじゃありません。旦那様も若旦那も、家付き娘の御新造さんに頭が上がらないんです。お嬢さんの幼馴染みなら、それくらい察してくださいまし」

お玉をかばいたい一心で大きな声を出したとたん、当のお玉に「およしなさい」と叱られた。

「礼治郎さん、すみません。おみつが余計なことを申しました」

「お玉ちゃんが謝ることはありませんよ。失礼なことを言ったのは、礼治郎のほうですもの。おみつは忠義者だから、黙っていられなかったのよね」

　お節が取り成してくれたけれど、礼治郎は嫌味な笑みを浮かべたままだ。おみつは気まずく目を伏せる。

「おまえさんはすべて姑が悪いと言いたいようだが、会う人ごとにそんなことを言っていたら大隅屋が傾きますよ」

「えっ」

「主人や跡継ぎより、遊び好きで着道楽の御新造のほうが威張っている――そんな店だと聞かされれば、誰でも今後を危ぶみます。おまえさんは奉公人として、言ってはならないことを言ったんです」

　その通りだと気付いたとたん、おみつの顔から血の気が引く。お玉の名誉を守りたくて、大隅屋の名を貶めていることに今まで気付いていなかった。

「も、申し訳ありません、つい口が滑って」

「口が滑ったとは、なお悪いでしょう。本心からそう思っているということですから」

「す、すみません」

　畳に額を擦り付ければ、お節がさすがに見かねたらしい。「もういいから、顔をお上げなさい」と言ってくれた。

「礼治郎もそんなふうに言わなくたっていいじゃないの。男にはわからないかもしれないけれど、大店の嫁は大変なのよ。お玉ちゃんが御新造さんの言いなりになっても仕方がないわ」

天乃屋の御新造もいろいろ苦労したのだろう。だが、礼治郎はあくまで態度を変えなかった。

「だったら、お玉ちゃんはこの先も、派手な恰好で遊び歩いたほうがいいと言うんですか」

「誰もそんなことは言っていないじゃないの」

険悪になりかけた母子《おやこ》の間に、お玉が「すみません」と割って入る。

「礼治郎さんのおっしゃっていることはもっともです。おみつにもさんざん言われていたのに、義理のおっかさんに構ってもらえるのがうれしくて……ですが、おかげさまで目が覚めました。すぐにも眉を落として、丸髷を結うことにいたします」

「でも、御新造さんは承知してくれるかしら」

お節がふくよかな顔に心配そうな表情を浮かべる。おみつも内心うなずいたが、お玉の覚悟は変わらなかった。

「嫁だからこそ、大隅屋の将来に影を落とすような真似《まね》はできません。是が非でもわかっていただきます」

毅然《きぜん》としたその姿におみつはすっかりうれしくなる。

「そうですよ。大隅屋の御新造さんはわからずやじゃありません。それに『女ときものは生まれ変われる』って余一さんも言っていましたもの。事情を話せば、御新造さんもきっとわかってくださいます」

勢い込んで口にすれば、礼治郎の目つきが変わる。慌てて「余計なことを申しました」と謝ると、相手は「いや」と手を振った。

「お玉ちゃんがその気になってくれて何よりです。ところで、余一さんというのは何者ですか」

礼治郎は初めて聞いた名が気になったようだ。

しかし、金持ち嫌いの職人についてここで話すのは気が引ける。おみつがためらっている間に、お玉が得意げに話し出した。

「余一さんはきものの始末を生業《なりわい》としている人です。あたしもおみつも綾太郎さんもずいぶんお世話になったんですよ」

「きものの始末というのは、染み抜きや仕立て直しのことでしょう。どうしてお玉ちゃんがそんな男の世話になんか」

大店のお嬢さんが古着を始末する職人と知り合いだとは考えづらい。礼治郎が不思議に思うのも無理はなかった。

「余一さんは、汚れたきものや着られなくなったきものをよみがえらせてくれるだけじゃありません。きものと一緒に人の心もきれいにしてくれるんです。余一さんの始末のおかげで、あたしも実家のおっかさんと気持ちが通じ合えたんです」

幼馴染みというだけあり、お玉と実母の不仲は知っていたようだ。口元をほころばせるお玉を見て、礼治郎の顔に驚きが走る。天乃屋の御新造も「そうだったの」と笑顔になった。

「それなら、私もその人に仕事を頼んでみたいわ。お玉ちゃん、紹介してくれないかしら」

とっさに断ろうとして、おみつは危うく思い止《とど》まる。天乃屋の御新造さんは何度も自分をかばってくれた。何よりつい今しがた、礼治郎から嫌味を言われたばかりである。

とはいえ、お園を連れて行ったときだって余一にさんざん文句を言われた。天乃屋の御新造を連れて行けば、今度は何と言われるか。

眉間に深いしわを刻んだ男の顔が浮かんで来て、おみつは頭が痛くなる。すると、こちらの思いを察したように礼治郎がかぶりを振った。

「おっかさん、お玉ちゃんはそれどころじゃないんですよ。余計な頼み事は遠慮してください」

「そんなに怖い顔をしなくたっていいでしょう。最初に余一さんのことを聞いたのは、おまえのくせに」

「だからって、今言うべきことじゃありません。お玉ちゃん、聞かなかったことにしておくれ」

おみつは御新造に申し訳ないと思いつつ、ほっと安堵《あんど》の息をつく。礼治郎は不満気な母親に構わず、お玉の顔をじっと見た。

「とにかく、お玉ちゃんは人妻らしい恰好をしたほうがいい。手前が言いたいことはそれだけです」

強引に話を元に戻し、幼馴染みに念を押した。

三

翌二日の五ツ（午前八時）過ぎ、朝餉《あさげ》を終えたおみつとお玉は、前日よりも浮かない顔で向き合っていた。

「おみつ、どうしたらいいかしら」

「本当に……若旦那にも困ったものです」

愚痴ったところで仕方がないとわかっていても、知らず口からこぼれてしまう。お玉とおみつは目と目を見交わし、揃って大きなため息をついた。

昨夜、お玉は天乃屋で聞いた話を綾太郎に伝えた。

とかく世間体を気にする若旦那のことだ。人妻らしからぬ姿のせいで悪い噂が立っていると知れば、母親を説得する気になるだろう――お玉もおみつもそう思っていたのだが、返事は意外なものだった。

「その噂なら知っているよ」

驚かない亭主にお玉の顔が険しくなる。

「知っていたなら、どうして黙っていたんです。大隅屋の嫁は派手な恰好で遊び歩いていると言われて、このままという訳には行きません」

「世間の人はいつだって目立つ者を叩《たた》く。うちのおっかさんだって昔はいろいろ言われたものさ」

「だから放《ほう》っておけって言うんですか。そんなことをしたら、大隅屋の評判に傷がつきます」

「馬鹿馬鹿しい。うちのお客は噂ごときに惑わされないよ」

いきなり始まった夫婦喧嘩《げんか》におみつは目を白黒させる。

だが、ここで自分が口を挟めば、さらに話がこじれるだろう。ぐっと口をつぐんでいたら、綾太郎がこめかみを押さえた。

「おまえが知ったら気に病むだろうと今まで黙っていたというのに。天乃屋さんも余計なことをしてくれたもんだ」

恩着せがましい口ぶりが、さすがにおみつの癇《かん》に障った。

妻を醜聞から守るのが夫の役目ではないか。礼治郎は慇懃《いんぎん》無《ぶ》礼《れい》でいけすかないが、言っていることはもっともである。

お玉も同じように感じたのか、尖った目つきで夫を見た。

「そういう言い方はどうかと思います。礼治郎さんはあたしと大隅屋のことを心配して、耳に入れてくれたんですよ」

「……誰だい、その礼治郎ってのは」

男の名前を耳にするなり、綾太郎の目つきが変わる。

どうやら天乃屋で会ったのは御新造だけだと思っていたらしい。おみつはまずいと思ったけれど、お玉は正直に打ち明けた。

「礼治郎さんは天乃屋さんの跡継ぎで、あたしの幼馴染みです。須田町《すだちょう》の紙問屋美濃屋さんでの奉公を終えて、今日は十一年ぶりに会ったんです」

「へえ、十一年ぶりにねぇ」

「ええ、最後に会ったのは、あたしが七つ、礼治郎さんが十二のときですから。すっかり頼もしくなっていて驚きました」

「なるほど、あたしと同い年か。そいつが何て言ったんだい」

「こんな恰好を続けていたら、世間に誤解されても仕方がないと言っていました。あたしもそう思います」

「なるほど。お玉は亭主より幼馴染みの言うことに従うんだね」

頰《ほお》を引きつらせた顔を見て、お玉も綾太郎の不機嫌に気付いたらしい。しかし、言い訳をする気になれないのか、黙って亭主を見返している。静まり返った座敷の中でおみつはおろおろと口を開いた。

「若旦那、お嬢さんがおっしゃっているのはそういうことじゃなくってですね、世間の人がどう思うかということでして」

「つまり、天乃屋の若旦那のほうが世間をよく知っている。あたしは他所で働いたことのない苦労知らずだから、考えが足りないって言いたいんだろう」

「い、いいえ、そういうつもりじゃ」

「こっちに言わせれば、考えが足りないのは礼治郎って人のほうさ。嫁いだばかりの幼馴染みを己の店に呼び出した挙句、怪しげな噂を吹き込むなんて。そっちのやっていることのほうがはるかに誤解を招くってもんだ」

いらいらと身体を揺すりながら綾太郎が吐き捨てる。たちまち、お玉の顔が赤く染まった。

「あたしは、神かけて礼治郎さんと二人きりになっていません。天乃屋の御新造さんとおみつも一緒だったんです。妙な勘繰りはやめてください」

「おみつはおまえの頼みならどんなことでも聞くじゃないか。天乃屋の御新造だって、倅《せがれ》に頼まれれば口裏を合わせるに違いない。信用なんてできないね」

「そんな……」

「天乃屋の若旦那のほうがいいなら、そいつと一緒になればよかったんだ」

「綾太郎さんっ」

ひどい言葉をぶつけると、綾太郎は足音も荒々しく出て行ってしまう。おみつは言葉を失いながらも、その捨て台詞《ぜりふ》にはっとした。

桐屋と天乃屋は同業で、表向きは遠縁である。礼治郎はお玉の幼馴染みだし、綾太郎と同い年だ。だったら、お玉の嫁入り先は天乃屋だってよかったろう。

桐屋の旦那様は、なぜ礼治郎さんではなく大隅屋の若旦那を選んだのかしら。おみつがそう思ったとき、気丈なお玉の目に涙が浮かんだ。

「おみつ、どうしよう……綾太郎さんに嫌われちゃった……」

「お嬢さん、大丈夫です。若旦那はやきもちを妬《や》いただけですから」

「でも、あたしを置いて行っちゃったわ」

「きっと頭を冷やしに行ったんですよ。床に就く時刻になれば、必ず戻っていらっしゃいます」

おみつはお玉を慰めたが、綾太郎は夜が更けても戻って来なかった。朝になって他の女中に聞いてみれば、綾太郎は昨夜客間で休み、今朝は朝餉も食べずに出かけたらしい。

この様子では自分から折れるつもりはないのだろう。大店の跡継ぎで兄弟のいない綾太郎は仲直りの仕方さえ知らないようだ。

「……ここはひとまず、お嬢さんが頭を下げてください。若旦那が謝るのを待っていたら、いつになるかわかりませんから」

おみつがため息まじりに言えば、お玉は疲れた様子でかぶりを振った。

「あたしが頭を下げたって仕方がないわ」

「どうしてですか。若旦那はやきもちを妬いているだけなんです。お嬢さんから『すみませんでした』と言われれば、きっと機嫌は直ります」

「あたしが綾太郎さんに謝ったら、この姿を変えられないのよ。それじゃ意味がないでしょう」

言われてみればその通りで、おみつは頭を抱えたくなる。さて、どうしようと思っていたら、姑がやって来た。

「綾太郎と喧嘩をしたようだけど、いったい何があったの」

今日のお園は、白と黄土色の市松柄に菫《すみれ》の花が散った小袖を着ている。四十を過ぎた女にはいささか派手な代物だが、お園は無理なく着こなしている。結んだ鶯《うぐいす》色の帯はおめでたい三多文《さんたもん》の柄だ。

何があったかなんて、他人事《ひとごと》みたいに言わないでよ。元はといえば、御新造さんのせいじゃないの。

おみつは顎《あご》の下まで込み上げた思いを唾《つば》と一緒に呑《の》み込んだ。

「若旦那が見当違いなやきもちを妬いていらっしゃるだけなんです。お騒がせをして申し訳ありません」

「そうなの。だったら、いいけれど……」

曖昧《あいまい》を嫌うお園にしては、めずらしく言葉を濁す。歯切れの悪い姑にお玉の顔がこわばった。

「おっかさんまで、あたしと礼治郎さんの仲を疑っているんですか」

「天乃屋の若旦那はお嬢さんの噂を耳にして、心配してくだすっただけなんです」

声を震わせるお玉に続き、おみつも慌てて言い添える。それがかえってまずかったのか、お園はつんと顎をそらせた。

「それはまたご親切だこと」

「桐屋と天乃屋は遠縁ですから」

「でも、お玉はもう人妻ですよ。親兄弟ならいざ知らず、遠縁なんて赤の他人も同じじゃないの。少し立ち入りすぎでしょう」

綾太郎からどのように聞いたか知らないが、お園も礼治郎を苦々しく思っているようだ。

棘《とげ》のある言葉を聞いていると、一度は呑み込んだ本音が再び込み上げそうになる。これはまずいと思ったとき、お園が思い切り顔をしかめた。

「お玉は姑の私と一緒に出かけているのよ。誰に何を言われたって、恥じることはありません。おみつもそう思うでしょう」

奉公人として正しいのは、ここで「はい」とうなずくことだ。それは十分わかっていたのに、口から出て来た言葉は違った。

「いいえ、そうは思いません」

「何ですって」

「人は見た目で判断するから、もっと人妻らしい恰好をしたほうがいい。天乃屋の若旦那はそうおっしゃいました。お嬢さんは御新造さんのお望みで嫁入り前の娘のような恰好をしていると申し上げたら、そういうことは言うなとも」

「あら、どうして」

「大隅屋では、主人も若旦那も御新造に頭が上がらない。世間にそう思われたら、大隅屋が傾きかねないからって」

都合の悪いところは端折《はしょ》って礼治郎の言葉を伝える。身に覚えのあるお園はさすがに眉間を狭くした。

「御新造さんがお嬢さんをかわいがってくださっているのは承知しています。ありがたいと心から思っています。ですが、いつまでも嫁入り前と同じ恰好をしていたら、白い目で見られるのはお嬢さんです」

「おみつ、もうやめて」

お玉に袖を引かれたが、おみつはあえて逆らった。

お嬢さんが言えないことを代わりに言うのが自分の役目だ。そのせいで御新造さんに睨《にら》まれたって、命までは取られまい。

「ですから、お願いです。お嬢さんが丸髷を結い、眉を落とすのを許してください」

勢いよく頭を下げれば、お玉に何度も名を呼ばれる。

しかし、ここまで言ったら後には引けない。頭を下げ続けていたら、今度はお園に「おみつ」と呼ばれた。

「わかったから、顔をお上げなさい」

「御新造さん、それじゃ」

期待に満ちた目を向ければ、お園がわずかに苦笑する。それから、お玉を見て首をかしげた。

「私はお玉に無理を強いていたのかしら」

「そんなことはありません。あたしもおっかさんの若い頃のきものを着られてうれしかったんです。でも、世間の噂になっていますし」

「この際だから、ちゃんと教えて。お玉は最初から丸髷を結いたかったのね」

静かな声で促され、お玉はややしてうなずいた。

「おっかさんは生まれながらに大隅屋の跡継ぎですけど、あたしはただの嫁ですから……これから居場所を作らないといけません。でも、娘のような恰好をしておっかさんと遊んでいたら、居場所ができないと思うんです」

不器用ながらも誠実な言葉はお園にちゃんと通じたようだ。姑は目尻を下げて、嫁の手を握った。

「私は嫁いだことがないから、そんなふうに思っていたなんて知らなかったわ。もっと早く言ってくれればよかったのに」

「いえ、おっかさんと出かけるのは本当に楽しかったんです。でも、振袖を着るのはさすがに気が咎《とが》めて」

「あら、そんなことを気にしていたの。桃は邪気を払うから、厄除けにちょうどいいと思っただけなのに」

桃の節句は本来、穢《けが》れを人形《ひとがた》に移して水に流し、男女問わず無事を願うためのものだったとか。また桃の実は吉祥果であると同時に多産も意味するため、桃の花のきものをお玉に着せたいと思ったそうだ。

「急かすつもりはないけれど、私も早く孫が欲しいの。まだ眉も落としていないし、振袖を着たっておかしくないと思ったのよ」

「すみません。あたしったら、おっかさんの気持ちも知らないで」

お玉は恐縮して頭を下げるが、おみつは素直にうなずけない。

いくら柄に意味があっても、振袖は人妻にふさわしくない。お園もそれは悟ったようで、「いいのよ」と微笑《ほほえ》んだ。

「私だってお玉の気持ちをわかっていなかったもの。でも、明日はもう雛祭りだし、丸髷を結うのは四日からでもいいでしょう」

「それは」

「これを最後に、二度と振袖を着ろとは言わないから」

何だかんだと言ったところで、本音は振袖を着せたいのだ。お願いと両手を合わせられ、お玉は困った顔でこっちを見る。おみつはしばし迷ったものの、これで最後ならばとうなずいた。

翌日、お玉は桃の花の振袖を着てお園と雛祭りを祝った。途中、綾太郎が顔を出し、振袖を着た妻を見て目を丸くした。次いで、「この間は言いすぎた」と言葉少なに謝ったのは、母親の差し金に違いない。

初めての夫婦喧嘩が無事に収まった翌日、お玉は丸髷を結って眉を落とし、ようやく新妻本来の姿となった。

これでほとぼりが冷めれば、おかしな噂は消えるだろう。そう思った矢先の三月七日、母屋の座敷からお園の甲高い声がした。

「いったい誰がこんなものを。私は役者なんて侍《はべ》らせていないわ」

「おっかさん、落ち着いて。おとっつぁんが十手持ちの親分に誰の仕業か探らせていますから」

「これが落ち着いていられますか。母と妻が身に覚えのない辱めを受けたのに、おまえは悔しくないのっ」

辺りをはばかるような綾太郎の声は低くこもって聞き取りづらい。だが、「母と妻が身に覚えのない辱めを受けた」と言われては、お玉も知らん顔はできない。「おっかさん」と声をかけて、障子を開けた。

「大きな声がしましたけれど、何かあったんですか」

お玉の姿を目にするなり、綾太郎とお園は顔色を変える。それでもお園は「お入りなさい」と嫁に言い、綾太郎は「おっかさん」と眉をひそめた。

「そんなもの、お玉に見せることはありません」

「隠したところでいずれ目にするかもしれません。だったら、話しておいたほうがいいわ。お玉、これをご覧なさい」

ただならぬ気配が漂う中、お玉はおずおずと足を進める。おみつも息を殺してその後ろに従った。

「こんなものがあちこちで配られていたようなの。私もいろんな噂を立てられたことがあるけれど、こんなものを撒《ま》かれたのは初めてだわ」

そう言って姑が差し出したのは、雑な作りの瓦版《かわらばん》だった。大徳利を抱えている振袖の娘と、男にしなだれかかっている大年増が描かれている。

右端には「振袖を着て酒を飲む嫁と役者を侍らす姑　世にもふしだらな大隅屋の雛祭り」と書かれていた。

四

「それで、どうしてここに来た。おれの仕事はきものの始末だ。きものの染みは落とせても、噂を消すことはできねぇぜ」

「いつも面倒ばかりかけて、本当に申し訳なく思っています。でも、また余一さんの力を貸して欲しいの」

三月十日の四ツ（午前十時）過ぎ、おみつは櫓《やぐら》長屋に押しかけて、余一に事の次第を語って聞かせた。

綾太郎が手に入れた瓦版には、大隅屋の嫁と姑がいかがわしい真似をしている様がまことしやかに書かれていた。その中身のひどさときたら、読んだお玉が顔を覆って泣き出してしまったほどである。ひそかに岡っ引きが調べているけれど、手がかりは摑《つか》めていないらしい。

「その瓦版は嘘《うそ》で埋め尽くされているのに、お嬢さんが着ていた振袖の柄だけ寸分違《たが》わず書かれていたの。そのせいでお嬢さんはすっかり怯《おび》えて、自分の部屋に閉じこもってしまったわ」

「だったら、奉公人の中に裏切り者がいたんじゃねぇのか」

「親分もそう言ったけど、大隅屋の奉公人は身元が確かな者ばかり。御新造さんの酔狂には慣れっこだし、余計なことは言わないわ。きっと、外からのぞかれたのよ」

三日はいい天気だったので、障子は開け放してあった。誰かが塀の上から盗み見たに違いない。

「お嬢さんはこの三日間、ろくにものを食べていないわ。早く何とかしないと、本物の病になっちまう。桐屋の旦那様も御新造さんもたいそう心配なさっているし」

「箱入り娘があることないことを書き立てられりゃ、寝込んじまうのも無理はねぇ。だが、今度という今度はおれの出る幕はねぇはずだぜ」

余一はいつもの仏頂面でぶっきらぼうに言い放つ。おみつは首を左右に振った。

「いいえ、余一さんでなきゃ、お嬢さんを助けられないの」

「岡っ引きの真似事なんざ、逆立ちしたってできやしねぇ」

「心配しないで。あたしが頼みたいのは、御新造さんの説得よ」

こっちの頼みが意外だったらしく、余一は眉を撥《は》ね上げる。

「御新造さんに何を言えってんだ」

「この際、着道楽はすっぱりやめて、山のように持っているきものを手放して欲しい。

そう御新造さんに頼んでちょうだい」

「そういうことなら、若旦那に頼め。どうしておれが出しゃばらなきゃならねぇんだ」

「若旦那じゃ駄目だからに決まっているでしょっ」

このわからずやと思いつつ、おみつは声を荒らげる。主人の窮地を救えるのは、もはや余一しか考えられなかった。

一昨日、娘を案じた光之助は「しばらく戻って来ないか」と言って寄越した。お玉もその気になりかけたが、大隅屋の主人、孫兵衛《まごべえ》が待ったをかけた。

――こんなことになってしまい、本当に申し訳なく思っております。ですが、お玉は綾太郎の妻です。おめでたいことならいざ知らず、揉《も》め事が起こったからと言って実家に戻す訳には参りません。

嫁いだばかりの嫁が醜聞騒ぎの末に実家に戻れば、離縁されたと思われかねない。

おみつはそのやり取りを知り、にわかに井筒屋を疑った。

お玉が出戻っても後藤屋の血縁であることに変わりはない。むしろ、醜聞まみれの出戻りを「嫁に欲しい」と言われれば、相手が誰でも断れなくなる。おみつはそう思い至り、心の底からぞっとした。

「お嬢さんが丸髷を結ったところで御新造さんが変わらなければ、瓦版に書かれたことを真に受ける人もいるでしょう。だから昨日、若旦那にお願いしたけれど、けんもほろろに断られたわ」

――おっかさんの着道楽はただの道楽じゃない。妙な瓦版を書かれたくらいで、命の次に大事なきものを手放すもんか。

綾太郎だって本音では、落ち着きのない母親を苦々しく感じているはずだ。まさかの返事に驚いたとき、おみつはお園の言葉を思い出した。

――私が家にいないとき、よくきものを引っ張り出して眺めていたみたい。

お園にとって、きものは空しさを埋める手立てに過ぎなかった。しかし、息子の綾太郎には、いずれも愛着のある母のきもののなのだろう。そう気付いてしまったら、重ねて頼めなくなった。

「それで、旦那様にお願いしようとしたんだけど……あたしが怒られただけだったの」

昨日の孫兵衛の表情を思い出し、おみつは思わず身震いする。

――うちは桐屋さんとは違う。奉公人としての分をわきまえなさい。

声こそ荒らげはしなかったけれど、顔は怒りに満ちていた。ただの女中が主人夫婦に指図がましい真似をしたのだから、睨まれるのも無理はない。とはいえ、黙っていられずに自ら頼んでみたところ、お園にすぐさま断られた。

「自分は大隅屋の歩く小袖雛形だから、きものを手放す訳には行かないんですって」

「なるほど、暇つぶしの着道楽だけじゃなかったのか」

余一はわずかに目を瞠り、納得したようにうなずいた。

小袖雛形とはきものの柄をまとめた図案集で、墨一色で摺《す》られたものが多い。そのため色鮮やかな出来上がりや、着たときの様子を思い浮かべるのは困難だ。お園のきものは色のついた実物だから、これに勝る雛形はない。

――私は憂さ晴らしのためだけにきものを誂《あつら》えていた訳じゃない。いろんなきものを着て歩き、大隅屋にはこんなにいいものがあると触れ回っていたつもりよ。まして、きものは女の財産、手放す訳には行かないわ。

呉服太物問屋のひとり娘で、極上のきものに囲まれて育ったお園である。あって当たり前だから、減ることが許せないのだろう。

「御新造さんのおっしゃることもわかるけど、世の中には着替えすら持たない人だって大勢いるんだもの。いつも違うきものを着ている御新造さんを妬《ねた》ましく思う人も多いはずよ。余一さんだって簞笥《たんす》の肥やしにするよりも、手放したほうがいいと思うでしょう」

むきになって訴えれば、余一はますます嫌そうな顔をする。

「おれは、大店と関わりたくねぇ。百歩譲ってきものの始末なら考えるが、家の中の面倒に首を突っ込む気はねぇよ」

「そんなことを言わないで。世の中持ちつもたれつでしょう」

「お節介なおめぇとは違うんだ。おれを当てにするのはやめてくれ」

いつになくはっきり突き放されて、おみつは内心ぎくりとする。だが、お玉を助けたい一心で縋《すが》りついた。

「だって、当てにできる人が他にいないんだもの」

「そうやって他人を当てにするのが間違っていると言ってんだ。てめぇがお節介だからといって、他人もそうだと思うんじゃねぇ」

「お節介で何が悪いの。世の中は人の情けとお節介で成り立っているんじゃない。お節介を焼く人がいなくなったら、この世は真っ暗闇《くらやみ》でしょう」

間髪《かんはつ》を容《い》れずに言い返すのは、心からそう思っているからだ。

人は本当に困っているとき、助けを求めることすらできない。そういうときは、周りが察して手を差し伸べてやるべきだ。おみつも一番困っていたとき、お玉によって救われた。

「うちのお嬢さんは今、本当に困っているのよ。それでも、余一さんは見て見ぬふりをするって言うの」

身勝手なのは百も承知で、おみつはひたすら言い募る。

綾太郎は嫉妬《しっと》深くて頼りないけれど、根が真面目《まじめ》だし裏表もない。金儲《もう》けのためなら汚いことを平気でする井筒屋よりはるかにましだ。ここで余一に見放されたら、お玉は果たしてどうなるか。

「お願いだから力を貸して。井筒屋がお嬢さんを狙っているの」

「何だって」

思いが高じて口が滑り、余一の目つきが鋭くなる。おみつは口を押さえたものの、余一ならば信用できると覚悟を決めた。

「……詳しいことは言えないけれど……今度の瓦版は、井筒屋の差し金だと思うのよ」

そして、お玉が井筒屋の血縁であることは言わずに、「お嬢さんは江戸一番の両替商、後藤屋の孫娘だから」と話を続けた。

「井筒屋は江戸店を開いたばかりだし、大きな後ろ楯《だて》となる後藤屋と縁を結びたがっているの」

「だが、お嬢さんは大隅屋の嫁だろう」

「だから、離縁させようとしてあんな瓦版を撒いたのよ。お嬢さんは人妻らしからぬ恰好をしていたから、ふしだらな噂だってもっともらしく聞こえるでしょう」

家付き娘のお園と違い、お玉はただの嫁である。でまかせでも醜聞が広まれば、離縁されると踏んだのだろう。

歯ぎしりしながらおみつが言えば、余一が真顔で念を押した。

「そりゃ、本当か」

「ええ。あたしは余一さんに嘘なんかつかないわ」

勢いよく顎を引いてから、おみつは内心自嘲する。余一に惚《ほ》れていることをずっと隠しているくせに、嘘をつかないもないものだ。けれど、死ぬまで隠し通したら、嘘をついたことにはならない。

「それより、このことはお嬢さんも知らないの。余一さんとあたしだけの秘密にしてちょうだい」

約束してと詰め寄れば、余一の切れ長の目に見返される。

「井筒屋の仕業とわかっているなら、打つ手はいろいろあるだろう。どうしてそいつを黙っている」

「それは……ちゃんとした証がある訳じゃないし……」

「岡っ引きに教えれば、何か見つけてくれるはずだ。それとも、井筒屋の仕業だとわかったら困るのか」

そうだとうなずくこともできず、おみつは奥歯を噛《か》み締める。たとえ相手が余一でもこれ以上は話せない。

「余一さんこそ、井筒屋の名が出たとたんに目の色が変わったわ。井筒屋と何かあったんじゃないの」

とっさに口から飛び出したのは、ただのあてずっぽうである。余一はそれには答えずに、「仕方がねぇ」と肩をすくめた。

「おめぇはお嬢さんのことになると、何を仕出かすかわからねぇからな。大隅屋に行って御新造さんに頼んでやるよ」

「ありがとう。恩に着ます」

おみつは助かったと思いながら、両手を合わせて礼を言った。

五

余一を伴って大隅屋に戻ったのは、八ツ（午後二時）になる頃だった。人知れずお園の部屋へ案内するつもりだったが、廊下で綾太郎に見つかった。

「どうして、おまえさんがここにいるのさ」

「一緒に来てくれと頼まれやした」

目をつり上げる綾太郎を見ても、余一は眉ひとつ動かさない。その態度が気に食わないのか、若旦那が余一を睨む。

「あたしは別に頼んじゃいないよ。だいたい、おまえさんは金持ちが嫌いなんだろう」

「へえ。ですが、若旦那のこたぁ嫌いじゃねぇ」

綾太郎は目を丸くして余一を見つめ、それから顔を真っ赤にした。

「き、急に、何を言い出すんだい」

「でなきゃ、頼まれたって来やしやせん」

平然と答える余一の前で綾太郎の目が泳ぐ。ややして、呆気《あっけ》に取られているおみつに向かって文句を言った。

「おまえは余計なことしかしないんだから。この男に何をさせる気だい」

「それは、その」

「御新造さんの着道楽をやめさせてくれと頼まれやした」

「何だって」

返事に困ったおみつに代わり、余一が正直に打ち明ける。どうしてしゃべってしまうのかと慌てたとき、「騒がしいわね」と声がした。

「さっさと中にお入りなさい。誰がどこで聞いているか、わからないわよ」

「御新造さん」

障子を開けて叱ったお園は、藤鼠《ふじねず》の地に立涌《たてわく》柄のいつになく地味な小袖を着ている。

おみつは慌てて頭を下げた。

「御新造さん、すみません。あの、余一さんが御新造さんに話があるそうなので」

「おれに話がある訳じゃねぇ。頼まれたから来ただけだ」

頑なに言い直す余一の顔をおみつは恨みを込めて見る。綾太郎が呆れ顔でかぶりを振った。

「とにかく座って話をしよう。おみつ、お茶を持っておいで」

「は、はい」

そそくさと踵《きびす》を返そうとしたら、お園に「おみつ」と呼び止められた。

「お茶よりもまず、旦那様を連れて来て。前から『余一さんに会ってみたい』とおっしゃっていたから」

「えっ」

「どうしておとっつぁんが」

おみつと綾太郎は揃って驚きの声を上げたが、お園に逆らうことはできなかった。


「手前が大隅屋の主人、孫兵衛です。余一さんには倅や嫁がいろいろお世話になっているそうで、まことにありがとうございます」

お園から聞いているらしく、孫兵衛は余一に頭を下げる。綾太郎は鼻の付け根にしわを寄せ、余一は居心地悪そうに顎をかいた。

「別に、旦那から礼を言われるようなこたぁしておりやせん」

「今日はうちの奉公人がとんでもないお願いをしたようですな。倅ばかりか奉公人のしつけもなっておらず、本当にお恥ずかしい限りです」

その言葉を聞いた刹那《せつな》、おみつは息を詰める。

昨日、「奉公人としての分をわきまえなさい」と言われたばかりなのに、今日は「お園を説得してくれ」と余一を連れて来た。孫兵衛は奉公人に軽んじられたと怒っているに違いない。

「嫁の実家からついて来た女中でも、今は大隅屋の奉公人です。言いつけに従わない者を店におくことはできません。ご足労をおかけしましたが、今日はこのままお引き取り願えませんか」

「旦那様、そんなっ」

「おとっつぁん、何もそこまで」

おみつは悲鳴じみた声を上げ、綾太郎も困った顔をする。それでも、孫兵衛の厳しい表情は動かない。おみつは二の句が継げなくなり、まだ新しい畳を見た。

一生お嬢さんのそばにいると約束したのに、あたしは桐屋に戻されるのかしら。下手をすれば、桐屋からも暇を出されてしまうかも……。

青い畳の上にぽたりと雫《しずく》が滴ったとき、余一の低い声がした。

「大隅屋の旦那はとんと見る目がねぇらしい。忠義の奉公人を追い出すなんざ、もったいねぇにもほどがありやす」

「忠義というのは言いつけられた仕事を懸命にすることです。頼んでいないことを勝手にやるのはただのお節介、いや余計なお世話というものでしょう」

苛立《いらだ》ちを隠さない孫兵衛に余一が口の端を片方だけ引き上げる。

「世の中は人の情けとお節介で成り立っている。お節介を焼く人がいなくなったら、この世は真っ暗闇だと、おみつはおれに言いやしたぜ。旦那はそう思いやせんか」

「何事も時と場合によりけりです。おみつは日頃から奉公人の立場を忘れ、勝手をすることが多すぎる。これでは他の奉公人に示しがつきません」

「そいつぁ、仕方がねぇ。おみつにとって大事なのはこの世でお嬢さんただひとりだ。お嬢さんのためになるなら、お嬢さんの言うことだって聞きゃしねぇ」

「ですから、それでは困ると言ってるんです」

「だが、心底大事に思っていなけりゃ、おれみてぇな偏屈に何べんも頭を下げたりしねぇ。若旦那もそう思いやせんか」

綾太郎は眉を寄せ、苦笑まじりにうなずいた。

「……確かにね。おまえさんのようなへそ曲がりを動かすなんて、おみつもたいした根性だよ」

「余一さん、若旦那」

まさか、二人がかばってくれるとは思わなかった。おみつがそっと涙を拭《ふ》けば、お園が孫兵衛に声をかける。

「今日のところは大目に見てやってくださいな。おまえ様だって、余一さんに会ってみたいとおっしゃっていたでしょう」

「それはそうだが」

「お玉からおみつを取り上げるなんて、私にはとてもできません。それにおまえ様だって、本音は私の着道楽をやめさせたがっていたくせに」

楽しそうに笑うお園を見て、おみつはぽかんとしてしまう。孫兵衛は決まり悪げに妻を睨み、お園は余一に微笑みかけた。

「それじゃ、余一さんのお手並み拝見と行きましょうか。私はそう簡単に着道楽をやめたりしないわよ」

あんな瓦版が撒かれたのに、お園はやけに楽しそうだ。噂を立てられ慣れているから、あまりこたえていないのか。余一が何を言ったところですぐには承知しないだろう。無理難題を吹っかけて、困らせるつもりかもしれない。

綾太郎は口を一文字に閉じ、孫兵衛はじっと余一を見ている。おみつがぎゅっと目をつぶると、余一は意外なことを言った。

「御新造さんは、おれにおっしゃいやした。力になれることがあれば、大隅屋に来てくれと。その言葉が本当なら、着道楽をやめてくだせぇ」

「えっ」

人と関わることを嫌い、決して恩に着せない余一がそんなことを言い出すなんて。おみつが慌てて目を開けば、お園も驚いた顔をしている。綾太郎と孫兵衛は「どういうことだい」と口を揃えた。

「前に御新造さんから、若旦那が世話になった恩を返してぇと言われたんでさ。そのときは、特に頼みなんざなかったんだが」

「おっかさん、あたしは別に世話になんか……いや、世話になったこともあるけど、おっかさんが恩に感じなくてもいいんだよ」

余一の返事を聞いたとたん、綾太郎が母に文句を言う。お園は言葉をなくしていたが、ほどなくぷっと噴き出した。

「それじゃ、おみつの頼みが余一さんの頼みってことなのね」

「へえ」

ためらうことなくうなずかれ、おみつのほうが焦ってしまう。

「余一さん、あたしはそんなつもりじゃ」

「そんなつもりじゃなかったら、何でおれのところへ来た。おれが頼めば御新造さんが聞いてくれる。そう思ったんだろう」

実のところ、お園とのやり取りを覚えていた訳ではない。余一なら何とかしてくれると勝手に思い込んでいた。

余一は己のためならば、死んでもお園に頼み事などしなかったはずだ。それがわかっているだけに、居たたまれなくなってしまう。

「……ごめんなさい」

「今さら謝ることたぁねぇ。それで御新造さん。おれの頼みは聞いてもらえやすか」

余一のまなざしを受け止めて、お園は笑いながらうなずいた。

「私から言い出したことだもの。余一さんの頼みなら聞かない訳にはいかないわ。これからは地味なきものを着て、家でおとなしくしています。おみつ、それでいいんでしょう」

「おっかさん、そんな」

「私もいい年だし、いつまでも歩く小袖雛形気取りではいられないわ。これが潮時というものかしらね」

しかめっ面の綾太郎とは裏腹に、お園はひどくさばさばしている。余一は「御新造さん」と呼びかけた。

「手放したところで、御新造さんのきものがこの世から消える訳じゃねぇ。袖を通した女たちは『いいきものを手に入れた』と喜ぶはずでさ。それだって大隅屋の品のよさを知らしめることになりやしょう」

「それもそうね。この際だから、きものを手放して得たお金で施しでもしようかしら。そうすれば、悪い噂も早く消えるでしょう」

「おっかさん、山のようにあるきものをまとめて売ったりしたら、大隅屋は左前になったと勘繰られます」

「若旦那、左前の店は施しなんざしやしねぇ。そいつぁ無用の心配でさ」

余一にあっさり打ち消され、綾太郎はますますふてくされる。孫兵衛は「なるほど」とうなずいた。

「しかし、そのまま金を寄進したって、たいした評判にはならないだろう。どうせなら世間の耳目を集めるような変わったことをやらないと」

孫兵衛が腕を組んだとき、障子ごしに女中の声がした。

「あの、天乃屋の若旦那が若御新造さんのお見舞いにいらしています。若御新造さんにお知らせしてもよろしいでしょうか」

天乃屋の名を聞いたとたん、綾太郎は無言で青筋を立てる。

余一さんのおかげでうまく話が進んでいたのに。こんなときに来るなんて、つくづく間の悪い人ね。

綾太郎の様子をうかがいつつ、おみつは腹の中で舌打ちした。

六

お玉の見舞いに来たというのに、礼治郎は大隅屋の主人夫婦と綾太郎、そして余一とおみつのいる座敷に通された。

「手前は紙問屋天乃屋の倅で、礼治郎と申します。桐屋さんから若御新造さんの話をうかがい、お見舞いに参りました」

「これはどうもご丁寧にありがとうございます。手前は大隅屋の主人、孫兵衛です。こちらにおりますのが倅の綾太郎と妻のお園です。どうぞお見知りおきください」

「ところで、そちらの方は」

いかにも職人然とした余一はどう見たって場違いだ。孫兵衛が口を開く前に、余一は自ら名を名乗る。

「おれは余一と言って、きものの始末を生業としておりやす」

「そうですか、あなたが」

余一が怪訝《けげん》そうな顔をしたので、おみつは慌てて説明した。

「天乃屋の若旦那は、お嬢さんから余一さんの話を聞いているんです」

「はい。たいそう世話になったと、こちらの若御新造さんがおっしゃっていました。まれに見る男前だとも聞いていましたが……なるほど納得いたしました」

微笑む礼治郎とは反対に、余一の機嫌が悪くなる。

おみつが「まれに見る男前だなんて言ったかしら」と首をかしげたとき、綾太郎が「天乃屋の若旦那」と呼びかけた。

「妻は心労で寝込んでおります。幼馴染みのあなたにみっともないところを見られたくないでしょう。会わずにお帰り願えませんか」

「おい、綾太郎」

「およしなさい。男の悋気《りんき》はみっともないわ」

父親が倅を窘《たしな》める前に、母親が言いにくいことを口にした。

「おっかさん、何を言うんです。あたしは別に悋気なんか」

「礼治郎さん、ごめんなさいね。うちの倅はお玉にぞっこん惚れ込んでいて、てんで余裕がないんですよ」

うろたえる息子に構わず、お園は礼治郎に微笑みかける。礼治郎も笑みを深めた。

「いえ、若御新造さんと若旦那がうまくいっているなら何よりです。先日、天乃屋で会ったときは、少々心配になりましたから」

「あら、どうしてでしょう」

「とても人妻には見えない恰好をなさっていたので、嫁として扱われていないんじゃないかと思いまして」

顔に似合わぬ嫌味を言われ、お園は口の端を引きつらせる。

「そういえば、うちの嫁に忠告してくださったのよね」

「はい。ですが、こんなことになってしまって本当に残念です。どうせなら、もっと早く忠告するべきでした」

「黙って聞いていれば、さっきから何なんだい。お玉はあたしの女房だよ。差し出口は遠慮してくれないか」

いきり立つ綾太郎が礼治郎を睨みつける。孫兵衛も今度は止めようとしなかった。

「嫌な噂を消すために、これから施しだってする。赤の他人のおまえさんの出る幕なんてないんだよ」

「普通に施しをしたくらいでは、広まった悪い噂は消えないでしょう。江戸中の評判になるような気の利いたことをやらないと」

礼治郎は孫兵衛と同じようなことを言い、なぜか余一のほうを見る。

「おまえさんならどうします」

余一は切れ長の目を眇《すが》め、黙って相手を見返している。礼治郎は再度言った。

「大隅屋の評判を上げるために、どんな施しをしたらいいと思われますか」

「幼馴染みのお嬢さんから何を聞いたか知りやせんが、おれはただの職人だ。あいにく、とんと思いつかねぇ」

続いて腰を浮かせたので、おみつと綾太郎は同時に叫ぶ。

「余一さん、待ってちょうだい」

「まだ話は終わっていないよ」

二人がかりで引きとめられて、余一は不本意そうに座り直す。それを見たお園が口を押さえて笑い出した。

「まったく、おまえたちときたら。余一さん、本当にごめんなさいねぇ。乗りかかった船と思って諦めてちょうだいな」

余一は仏頂面のまま、腕を組んで考え込む。ややして睨むように礼治郎を見た。

「天乃屋の若旦那なら、どうなさいやす」

「こちらの若旦那から差し出口をするなと言われましたので。考えがない訳ではありませんが、遠慮させてもらいましょう」

痛烈な皮肉に綾太郎が歯ぎしりする。おみつはそんな礼治郎を意外な思いで眺めていた。

お玉のことを本心から案じていると思ったのに、綾太郎や余一を挑発していったい何がしたいのか。しばし沈黙が続いた後、口を開いたのは余一だった。

「おれなら貧乏人に古着を施しやす」

「なぜ古着なんです」

「四月になれば、きものが綿入れから袷に替わる。だが、食ったきりの貧乏人は着たきり雀《すずめ》が多い。衣替えをしたくてもできねぇんでさ」

綿入れを解いて綿を抜けば、きものはもちろん袷になる。だが、その一枚しか持っていなければ、誰も綿を抜いたりしない。一年の内でもっとも長く着るのは綿入れだし、縫い直している間、裸で過ごせないからだ。

「貧乏人は着替えがねぇから、いつも同じものを着る。汚れたって洗えねぇんで、どんどん薄汚くなっちまう。そういう連中の世話をしている寺に古着を寄進してやれば、喜ばれるに違いねぇ」

仕事柄、余一が古着を思いつくのは当然かもしれない。だが、時期に応じた施しにおみつは思わず膝《ひざ》を打った。

「着道楽の御新造さんが自慢のきものを手放して貧乏人に古着を施したとなれば、確かに評判になるでしょう。なるほど、いい考えです」

嫌味な礼治郎でさえ感心したような声を出す。孫兵衛も顎に手をやって、じっと考え込んでいる。

しかし、綾太郎は苛立ちもあらわに畳を叩いた。

「うちは代々続いた呉服太物問屋だよ。古着を寄進するなんてとんでもない。それくらいなら、新しいきものを寄進するさ」

「貧乏人に新しいきものなんざ必要ねぇ。こういった施しは数が多いほどありがたいんだ。新しいきもの一枚より古着十枚のほうがいい」

「だったら、新しいきものを十枚寄進すればいい。そうすれば、文句はないだろう」

綾太郎がむきになったところへ、礼治郎が口を挟む。

「それだと、ずいぶん金がかかりますが」

「う、うちは五代続いた老舗なんだ。それくらいどうってことはないさ」

売り言葉に買い言葉、綾太郎が言い返すと、「それは駄目だ」と孫兵衛が首を振る。

「特別儲かっている訳でもないのに、ここで見栄を張ってどうする」

「若旦那はその口で、古着も仕立て下ろしもきものには違いねぇと言ったじゃありやせんか。それなのに、古着を寄進するのは嫌だってんですかい」

痛いところを突かれたらしく、綾太郎が「それは」とうつむく。どうやら話がまとまりそうだとおみつがほっとしかけたとき、お園が「ちょっと待って」と言い出した。

「綾太郎は古着でよくても、私は嫌だわ」

「御新造さん、そんな」

「私のきものを売ったお金で寄進をするって話でしょう。だったら、私の意見も聞いてちょうだい」

突如横槍《よこやり》を入れられて、おみつは二の句を継げなくなる。自慢のきものを手放すことになってしまい、お園は余一を恨んでいるのか。

孫兵衛は決まり悪げに月代《さかやき》を撫《な》で、綾太郎さえとまどった表情を浮かべている。すると、礼治郎が口を開いた。

「でしたら、安くて新しいきものはいかがです」

「そんなきものがありますか」

たとえ木綿のきものでも、仕立て下ろしはそれなりにする。身を乗り出した孫兵衛に礼治郎はうなずいた。

「はい、こちらの御新造さんはお召しになったことがないかもしれませんが」

「私が着たことがないなんて……礼治郎さん、それはどういうきものかしら」

着道楽の矜持《きょうじ》が傷ついたのか、お園の顔色が変わる。礼治郎の口元に笑みが浮かんだ。

「紙のきものでございます」

「えっ」

「こちらの若御新造さんは紙問屋の娘だし、紙衣《かみこ》なら値は知れております。洗うことができませんので汗をかく時期には向きませんが、袷の間は大丈夫でしょう」

紙衣は丈夫な紙を揉んで柔らかくした後、きものとして仕立てられたものだ。着心地は悪いが値は安く、軽くて風を通さないため貧乏人がよく着ている。

お園は面食らったように目をしばたたき、綾太郎は「馬鹿なことを言うんじゃないよ」と唾を飛ばした。

「ますます話にならないね。そんなものをもらって誰が喜ぶって言うんだい」

「手前は紙衣をもらえたら、たいへんありがたいと思います。奉公をしているときだって、冬場はきものの下に着ておりましたよ」

「何だって」

「天乃屋の初代は紙衣を着て働き、身代《しんだい》の元を作りました。ですから、手前も折に触れて紙衣を着るようにしております」

　そして、礼治郎は勝ち誇った様子で余一を見た。

「紙は神仏の神にも通じます。僧侶は修行の際に紙衣を着ますし、寺に寄進をするのならこれほどふさわしいものはありません。余一さんでも紙衣の始末はさすがにしたことがないでしょう。思いつかなくても無理はありません」

「なるほど」

　もっともだと言いたげに孫兵衛は顎を引く。しかし、余一はかぶりを振った。

「寄進する先は寺でも、きものを着るのは人でさぁ。おまけに、だんだん暑くなる。貧乏人ほど汗を流して働かなくっちゃならねぇのに、洗えない紙衣を配ってどうしようってんです」

「それは……」

「今が秋なら、若旦那の考えに異を唱えるつもりはねぇ。だが、これから貧乏人に施すなら、袷か単衣の古着がいい。おれはそう思いやす」

　きっぱり言い切る余一の前で礼治郎が口をつぐむ。

お園は小さく肩をすくめた。

「そんなふうに事を分けて言われたら、これ以上反対はできないわね。もう少し余一さんを困らせてやろうと思ったのに」

「御新造さんっ」

おみつが責めるような声を上げれば、「はいはい」とお園は手を振った。

「私のきものを手放して、古着を寺に寄進すればいいんでしょう」

「いや、うちとは縁のない人たちに大隅屋の名を知ってもらういい折だ。着替えを持たない方々を御住職に集めていただき、じかにお渡しするとしよう」

「おとっつぁん、そこまでしなくても」

父親の考えに綾太郎は不満を隠さない。

着替えを持たない貧乏人に呉服太物問屋の名を広めてどうするのか――口にこそ出さなかったが、その目が気持ちを語っている。孫兵衛は苦笑した。

「おまえは天乃屋の若旦那の話を聞いていなかったのかい」

「ちゃんと聞いていましたよ。でも、うちが配るのは古着じゃないか」

察しの悪い跡継ぎに孫兵衛は大きなため息をつく。

「天乃屋さんの初代は紙衣を着て働いて身代を作ったとおっしゃった。大隅屋だって呉服の担ぎ商いから始まっている。今が貧しいからと言って、この先うちの客にならないとは限らないだろう」

「それは……そうかもしれないけど」

「苦労して身を起こした人ほど、受けた恩を忘れないものだ。いつか古着の礼として、たくさんの反物を買ってくださるかもしれない。商いとはそういうものだ」

さすがに商才を見込まれて大隅屋の婿になった人である。先を見据えた考えにおみつは孫兵衛を見直した。

やっぱり、世の中は人の情けとお節介で成り立っている。旦那様も本心ではそう思っているんだわ。

おみつがうれしくなったとき、お園が夫に向かって手をついた。

「それなら、私も手伝います。いえ、どうか手伝わせてくださいまし」

どうやら今の言葉を聞き、お園も夫を見直したらしい。いつになく下手に出る妻に孫兵衛は寸の間言葉をなくす。綾太郎も狐《きつね》につままれたような顔をした。

「おっかさん、急にどうしたんです」

「私のきものが姿を変えてどういう人の役に立つのか、この目でちゃんと見届けたいの」

「だったら、お嬢さんとあたしもお連れくださいまし」

勢い込んだおみつに「もちろんよ」とお園がうなずく。

「こういうことになったのは、おみつが余一さんを連れて来てくれたおかげだもの。ねぇ、おまえ様」

「まあ、そう、だな」

いささかばつが悪そうに孫兵衛が顎を引く。おみつは胸が一杯になり、主人夫婦に頭を下げた。

お玉を貶める噂が流れ、嘘八百の瓦版が撒かれたときはどうなることかと思ったけれど、雨降って地固まるとはこのことだろう。これもすべて余一さんのおかげだと心の中で礼を言う。礼治郎は悔しさをにじませる声で呟いた。

「余一さんはきものをよみがえらせるだけでなく、人の心もきれいにしてくれると聞きましたが……なるほど、こういうことですか」

「やめてくだせぇ。買い被《かぶ》りもいいところだ」

「ここで謙遜《けんそん》なさらなくてもいいでしょう。ただし生まれ変わるのは、女ときものに限った話じゃございません。紙だって生まれ変わります」

「浅草紙のことですかい」

いきなり話を変えられたのに、余一は相手の言いたいことがすぐにわかったらしい。礼治郎は張り合うように余一の目をまっすぐ見た。

「きものの染みが跡形もなく消えるという余一さんの始末と違い、漉《す》き返しの浅草紙には汚れの跡が残ります。ですが、手前はその跡も味わいだと思っておりますので」

それから、礼治郎は孫兵衛たちに頭を下げた。

「手前はこれで失礼いたします。若御新造さんによろしくお伝えください」

「あら、お玉に会ってやってくださいまし」

お園が慌てて引きとめたが、礼治郎はかぶりを振る。静かに立ち去る後ろ姿を余一はしばらく目で追っていた。

三月十六日から十八日にかけて、大隅屋が行った施しは江戸の庶民の話題をさらった。

「おい、呉服太物問屋の大隅屋が着たきり雀の貧乏人に古着を配っているってなぁ、本当かよ」

「ああ、御新造と若御新造が手渡してくれるって話だ」

「そいつぁ、瓦版に書かれた女たちだろう」

「ふん、あんなもなぁ嘘八百よ。俺はこの目で見て来たが、二人ともごく地味な恰好をしていたぜ」

「どうせきものをくれるなら、商売ものの絹のきものをくれればいいのによ」

「馬鹿を言え。貧乏人が絹のきもので仕事ができるかってんだ」

「違いねぇ」

「こちとらの事情をちゃんとわかっているじゃねぇか。俺は大隅屋を見直したぜ」

「何を言ってやがる。大隅屋がどこにあるのかも知らなかったくせに」

「うるせぇ、べらぼうめ」

あちこちでそんなやり取りが繰り広げられ、大隅屋の名は貧しい人々の間で広まった。お玉はすっかり元気になり、おみつは心底ほっとした。

「世間の人がわかってくれて、本当によかったですね」

「ええ、みんな余一さんと礼治郎さんのおかげだわ」

まだ見慣れない丸髷を揺らしながら、お玉が笑う。おみつは前から気になっていたことを口にした。

「その礼治郎さんですけれど……前から余一さんのことを知っていたんでしょうか」

「知っていたら、私たちに聞く訳がないでしょう」

お玉は屈託なく言うけれど、おみつはどうも引っかかる。一度聞いただけにしては、余一について知りすぎている気がするのだ。何より、去り際の台詞が忘れられない。

「天乃屋の若旦那は、生まれ変わるのは女ときものだけじゃない。紙だって生まれ変わると言ったんです」

「礼治郎さんてば、うまいことを言うのね。天乃屋さんは浅草紙も扱っているから、そう思ったんでしょう」

浅草紙は反故《ほご》紙を集めて漉き返したものである。そのため安価ではあるけれど、紙の質は悪いし見た目も汚い。そんなものを神業のごとき余一の始末と一緒にしないで欲しかったが、お玉はやけにうれしそうだ。

そこで、おみつは話題を変えた。

「その礼治郎さんとお嬢さんを一緒にするって話はなかったんですか」

「急に何を言い出すの」

真っ赤になってうろたえられたが、おみつはぐっと膝を進める。

「お嬢さんだって天乃屋の若旦那を憎からず思っていたんでしょう」

「憎からずなんて……あたしが八歳のとき、礼治郎さんは奉公に出たのよ。それから会っていないんだもの。色恋沙汰になるはずがないわ」

「ですが、大隅屋の若旦那とは会ったことさえなかったでしょう。多少なりとも知っている天乃屋の若旦那のほうがよかったんじゃありませんか」

いっそう声をひそめれば、お玉はしばしためらってからおみつの耳に口を寄せた。

「天乃屋さんのところはね、親ではなく当人が一緒になる相手を決めるのよ。肝心なのは家柄じゃなく、苦労を共にしてくれる人かどうかなの」

天乃屋の初代は、京の老舗の跡継ぎだったらしい。しかし、親の代で店が潰《つぶ》れ、許嫁《いいなずけ》にもそっぽを向かれた。その後、ひとりで江戸に出て天乃屋の身代を作ったという。

「どんなに大きな身代も安泰ということはない。だから一緒になる相手は家柄ではなく、身代をなくしてもついて来てくれる人を選べ。それが天乃屋さんの家訓なんですって」

今の主人は三代目で、その妻のお節は小さな筆屋の娘だった。跡継ぎの弟は身体が弱く、姉のお節は嫁に行かず、一生実家を支えるつもりでいたらしい。

ところが、天乃屋の主人に五年もかけて口説き落とされたと聞き、おみつはようやく腑《ふ》に落ちた。

そういうことなら、礼治郎はお玉を選べないだろう。もしも天乃屋が潰れれば、お玉は実家に連れ戻される。天乃屋の跡継ぎにとって、妻の実家は裕福でないほうがありがたいのだ。

「礼治郎さんはどんな相手を選ぶのかしら。今から楽しみだわ」

「お嬢さんは他人より、夫の心配をしてください」

おみつがすかさず言い返すと、お玉の顔が赤く染まった。

吉原桜

一

世の中に絶えて桜のなかりせば　春の心はのどけからまし

平安の色男、在原業平《ありわらのなりひら》はそんな歌を詠んだというが、江戸っ子は今も進んで桜に振り回されている。

毎年暖かくなるにつれて「いつ咲くのか」とそわそわし、咲いたとたんに花見をするべく桜の下へ駆け付ける。散り際には桜吹雪に目を細め、「桜はやっぱり江戸っ子だぜ。長《なが》っ尻《ちり》をしやがらねぇ」とことさら喜ぶ始末である。

通町の呉服太物問屋、大隅屋の跡継ぎ綾太郎だって桜は好きだ。ただし、今年は花見どころではなかったのに、春の心は乱れまくった。

「おや、ずいぶんと機嫌が悪いね。古着の施しが評判になって、さぞかし得意になっていると思ったのに」

三月二十日の四ツ半（午前十一時）過ぎ、幼馴染《おさななじ》みの平吉《へいきち》が大隅屋に押しかけて来た。綾太郎はやむなく帳場を離れ、招かれざる客を奥に通す。

「得意になんかなれるもんか。怪しげな瓦版《かわらばん》を撒《ま》いたのが誰か、まだわかっていないんだぞ」

「世間は瓦版のことなんてとっくに忘れているって。撒いた奴らは悔しがっているだろうよ。大隅屋の名を貶《おとし》めようと企んだのに、逆に上げられたんだから。とはいえ、瓦版を作るのだってタダじゃない。二度と悪さはしないだろうさ」

他人事《ひとごと》だと思ってか、平吉は適当なことを言う。いや、己の身に起こったことでもこの調子ですませそうだ。

面倒なことは放《ほう》っておけ。そのうち何とかなるだろう——良くも悪くも平吉はそう考える男である。だからこそ、菓子屋の跡取りが勝手のわからぬ薬種問屋の婿となっても、ふらふら出歩いていられるのだ。

「それで今日は何の用だい。まさか噂話《うわさ》をしに来た訳じゃないだろう」

ことさらつっけんどんな口を利くのは、綾太郎が忙しいからである。古着の施しは十八日で終わったけれど、その評判を聞いた客が店に詰めかけている。平吉もそれは知っているので、「そうそう」と手を打った。

「実は、うちの桜が近いうちに散ることになってね。おまえに知らせなくちゃと思ったのさ」

「うちの桜って、淡路堂《あわじどう》に桜なんてあったかい」

平吉の実家の菓子司《かしどころ》、淡路堂は大隅屋のはす向かいだ。中の様子はよく知っているつもりだけれど、桜の木なんてあっただろうか。それとも杉田屋《すぎたや》の話なのか。

今日はもう二十日だから、桜は散るに決まっている。わかりきっていることをどうして知らせに来たのだろう。綾太郎が首をかしげれば、平吉が露骨に顔をしかめる。

「無粋な男だね。うちの桜と言ったら、お三和《みわ》に決まっているだろう。妹の婿が決まったんだよ」

相手は蔵前《くらまえ》の札差《ふださし》の次男坊で、年は二十だという。前からお三和を見知っていて、先方から「ぜひに」と言って来たとか。

「初めは、おとっつぁんも二の足を踏んでいたんだけどね。札差の息子だけあって持参金がすごいらしい。おまけに甘いものが好きで、江戸中の菓子屋に詳しいんだって」

「だったら、おめでたいことじゃないか。おまえが『散る』なんて言うから、勘違いしちまったよ」

寸の間どきりとしたけれど、あえてそっけない声を出す。すると、平吉は恨みがましい目でこっちを睨《にら》んだ。

「つれない男だね。お三和の気持ちは知っているくせに」

「おまえに責められる筋合いじゃないよ」

平吉によれば、お三和は綾太郎に思いを寄せていたという。

どちらの家も通町に店を構える大店《おおだな》で、互いに気心も知れている。年からいっても、お三和と綾太郎が一緒になるのは十分にあり得た話なのだ。

しかし、惣領《そうりよう》息子の放蕩《ほうとう》が収まらなかったせいで、淡路堂の主人は娘に婿を取ることにした。お三和の恋を邪魔したのは、当の平吉に他ならない。

「おまえもいよいよ性根を据えて、薬種の商いを覚えないとね。おじさんは何だかんだ言って平吉に甘いけれど、他所《よそ》から婿が来ればそうも行かない。実家に逃げ帰ることもできなくなるよ」

「よりによって今それを言うのかい。そんなに情けのないことじゃ、もらったばかりの女房に浮気をされるよ」

年下に説教めいたことを言われて気に障ったのだろう。嫌味たらしく言い返されて、綾太郎の顔が歪《ゆが》む。すると、相手は目を瞠《みは》り、ややしてぴしゃりと膝《ひざ》を叩《たた》いた。

「そういえば今月の頭に、おまえが朝っぱらから押しかけて来たことがあったっけ。やけに機嫌が悪くて何事かと思ったけど、さっそく浮気をされるとは、おまえもかわいそうな男だね。相手は知ってる奴なのかい」

「人聞きの悪いことを言わないでおくれ。うちは夫婦円満だよ」

「あたしとおまえの仲じゃないか。隠すなんて水臭い」

「だから、違うって言ってるだろうっ」

さっきまでとは立場が逆転、綾太郎は大きな声を張り上げる。いらいらと畳を叩いたとき、お三和の頼りない後ろ姿が脳裡《のうり》に浮かんだ。

考えてみれば、お三和と綾太郎、お玉と礼治郎は似たような間柄である。

だとすれば、お玉が礼治郎に惚《ほ》れていたっておかしくはない。ひょっとしたら、礼治郎もお玉を思っていたんじゃないか。ただの幼馴染みなら、他人の家の揉《も》め事に口を挟んだりしないだろう。

――天乃屋の若旦那《わかだんな》のほうがいいなら、そいつと一緒になればよかったんだ。

勢いで口にしたことが当たっていたらどうしよう……綾太郎が不安になったとき、手代の俊三《としぞう》が慌てた様子でやって来た。

「若旦那、井筒屋の主人が店に来ております。いかがいたしましょう」

「何だって」

　俊三は開店したときから井筒屋の様子を探っていたので、主人の顔を見知っている。本日二人目の面倒な客に綾太郎は腰を浮かせた。

　――本当にかわいらしい御内儀さんで、若旦那はおしあわせや。

　前に井筒屋を見に行ったとき、主人の愁介《しゅうすけ》はそう言って笑った。「この次はぜひお玉さんも連れて来てくんなはれ」とも。そのときの甘ったるい表情を思い出すと、たちまち胸が悪くなる。

　目をつり上げた綾太郎は足音を響かせて店に向かった。

「誰かと思えば、井筒屋の御主人ではございませんか。わざわざお越しくださいまして、まことにありがとうございます」

　綾太郎が大声で呼びかければ、店内にいた客は残らず驚いた顔をした。特に年頃の娘は目を瞠り、熱っぽいまなざしを男前の若い主人に送っている。

　しかし、当の愁介は涼しい顔を崩さない。老けて見えがちな紺鼠《こんねず》の微塵格子《みじんごうし》を粋に着こなし、綾太郎を見てにっこり笑った。

「これは大隅屋の若旦那。たいそう繁盛してはって、うらやましい限りどす。さすがに五代続いた老舗《しにせ》でおますなぁ」

「とんでもない。足利の御代から続いている井筒屋さんに比べれば、よちよち歩きの赤ん坊も同然です」

「それは仕方おへんやろ。権現様かて足利の御代には幕府を開いてはらへんのやから」

　比べるほうが間違っていると言いたげな口ぶりに、綾太郎はむっとする。だが、言い返すことはしなかった。

　一月に評判になっていたのは、井筒屋の配った引き札だった。「この引き札を五枚集めてお持ちになった娘さんに絹のしごきを差し上げ〼《ます》」と書かれていたため、江戸中の娘が引き札集めに奔走した。

　しかし、今では井筒屋のしごきを締める娘はいなくなり、世間の耳目は大隅屋が集めている。だから、愁介も自ら様子を見に来たのだ。

「それにしても、呉服太物問屋が古着を施すやなんて。いったい、どなたが言い出さはったんどすか」

「特に誰と言うことはございません。もうじき衣替えですから、袷《あわせ》のきものならばお役に立つかと思いまして」

　本当は余一が言い出したのだが、正直に教える義理はない。余裕の笑みを浮かべれば、愁介も意味ありげに微笑《ほほえ》んだ。

「なるほどなぁ。ところで、今日は女物のきものを見立ててもらいに来たんどす。お願いできますやろか」

「それは構いませんが」

　呉服屋の主人が他所で買ったきものを他人に贈るなんて――声に出さない胸の内が顔に出たのか、愁介は肩をすくめた。

「今評判の大隅屋さんで誂《あつら》えたほうが、もろたほうかて喜びますやろ。特に若旦那の目利きは評判やさかい」

　負けを認める商売敵に自ずと口元が緩んでしまう。それを慌てて引き締めて、綾太郎は手を振った。

「また、そんなご冗談を」

「冗談でわざわざ他所さんに来ぃしまへん。どうかよろしゅうお願いします」

「そこまでおっしゃられるのなら、お手伝いさせていただきます。女物というお話ですが、お召しになるのはお幾つくらいの方でしょう」

「年は十八、小柄で目鼻立ちのはっきりした美人どす」

相手の年と口ぶりからして意中の女に贈るようだ。綾太郎は顎《あご》を引き、手代に命じて反物をいくつか持って来させた。

「これから仕立てるのでしたら、袷より単衣《ひとえ》のほうがよろしいかもしれません。こちらの翡翠《ひすい》色の地に白い梔子《くちなし》の柄などいかがでしょう。どちらにも仕立てられますが」

小柄な娘に大きな柄は似合わないが、細かい柄だと見た目が地味になりがちだ。この梔子は二寸（約六センチ）に満たない大きさだから頃合いだろう。井筒屋も気に入ったのか、反物を手に目を細める。

「ああ、これからの時期にちょうどよろしゅおすな。けど、ちぃとばかし派手かもしれまへん」

「でしたら、こちらの甕覗《かめのぞき》（藍染めのもっとも薄い青）はいかがですか。藍染めですから、色味がはるかに落ち着いております」

「柄は籠目《かごめ》に鉄線《てっせん》どすか。藍染めはぐっと大人らしゅうなりますな。いいお品やと思いますけど、やっぱり派手やないかしらん」

「ですが、お召しになるお人は十八だとうかがいました。このくらいなら派手ということはございますまい」

どちらも青みがかった色で、柄も奇抜なものではない。まして相手が小柄なら、年より幼く見えがちだろう。あまり老けたものにすると、かえって似合わないはずだ。とまどう綾太郎に相手は苦笑した。

「そやかて、眉《まゆ》を落としてはるし」

つまり、きものを贈る相手は人妻ということか。思いがけない返事を聞いて、綾太郎はとまどった。

もちろん「惚れた女に贈る」と愁介に言われた訳ではない。とはいえ、きものを贈るほどの仲といえば、それなりに深い付き合いだろう。綾太郎は考え込み、嫌なことに気が付いた。

年は十八、小柄で目鼻立ちのはっきりした美人、しかも眉を落としていると言えば、そのままお玉に当てはまる。

しかし、もしもそうだったら、亭主に見立てさせないだろう。お玉がそれを持っていれば、誰からもらったか一目でわかる。いや、実はそれこそが愁介の狙《ねら》いだったりして……まさか、そんなと打ち消しつつ、綾太郎の手が汗ばんで来る。

「では、どこかの御新造《ごしんぞ》がお召しになるのですか」

「それは聞かんといておくれやす。ところで、今から仕立ててもろたら、仕上がりはいつになりますやろか」

「今日が二十日ですから、来月の半ばくらいになるかと」

「何やて」

綾太郎が答えたとたん、愁介は辺りに響く大声を上げた。

「こちらさんでは仕立てにひと月近くかかるんかいな。江戸っ子はせっかちやと聞いとりましたが、ずいぶん気ぃの長いこと」

「井筒屋さん、それは」

「手前ども井筒屋は、十日ですべて仕上げます。大隅屋さんのようにまだるい仕事はいたしまへん」

見下した様子で遮られ、綾太郎は腑《ふ》に落ちた。

何か魂胆があると思っていたが、これが狙いだったのか。ならば、お玉に対する思わせぶりな言動もこっちを苛立たせるための見せかけに決まっている。もう少しで相手の企みに乗せられてしまうところだった。

大隅屋でも、急げば十日で仕上げられないことはない。だが、今は衣替えを前にして、職人たちはいつも以上にたくさん仕事を抱えている。綾太郎は一瞬迷ったものの、意を決して口を開く。

「どんなに腕のいい職人でも急《せ》かせば仕事が粗くなります。お客様のきものの値打ちを下げるような真似《まね》はできません」

「本当に腕のいい職人は早くきれいに仕立てるもんどす。いたずらに時をかけるなら、誰にだってできますやろ」

「大隅屋では、職人が精魂込めて仕立てたものをお届けしたいと思っております。そんなに待てないとおっしゃるのなら、どうぞお引き取りください」

いつになく強気で言い切れば、愁介がにやりとした。

「残念やけど、そうさせてもらいます。せっかく袷を仕立てても、いくらもせんうちに衣替えや。お客様の中にもお急ぎの方がいはりましたら、どうぞ米沢町の井筒屋にお越しになっておくれやす」

店内の客に呼びかけて井筒屋の主人は立ち上がる。そして、店を出る間際に振り向いて、綾太郎に微笑んだ。

「若旦那、お玉さんにどうぞよろしゅう」

むこうの魂胆はわかっていても、こめかみに青筋が浮くのがわかる。

しかし、ここで怒ったら、敵を喜ばせるだけだ。相手の姿が消えてから、綾太郎は大きく息を吸った。

「お見苦しいところをお目にかけて申し訳ございません。どうかお気になさらないでくださいまし」

無理やり笑みを浮かべたものの、客の大半は気まずそうに目をそらした。

十日で仕立て上がるなら井筒屋のほうがいい——ここにいる客もそう思っているのだろうか。うちも十日で仕立てられると張り合ったほうがよかったのか。

綾太郎がこぶしを握り、後悔しかけたときだった。

「屋台の蕎麦《そば》じゃないんだから、早ければいいってものじゃない。江戸っ子はせっかちだと言うけれど、そいつはものによりけりだよ」

声のしたほうに顔を向ければ、なぜか平吉が客のような顔をして反物を広げている。どうやら暇を持て余して、こっそり様子を見に来たらしい。他の客たちもその言葉にうなずいた。

「確かにそうだな」

「せっかく、きものを誂えるんだもの。時が余計にかかっても、丁寧な仕立てのほうがいいわ」

小声で言い合う姿を見て、綾太郎は胸を撫《な》で下ろした。

二

「どうだい、あたしのありがたみがわかっただろう。今度の貸しは大きいよ」

小半刻（約三十分）後、母屋に戻った綾太郎に平吉が胸を張った。

「あたしだって淡路堂の跡継ぎとして育ったんだ。客の気持ちと商いの機微はちゃんと承知している。それにしても、井筒屋は舐《な》めた真似をしてくれたね」

「まったくだよ。この時期に十日で仕上げろなんて、職人泣かせもいいところだ」

「そうじゃない。あたしが気になったのは、やつの言った最後の台詞《せりふ》さ」

「はて、何だっけ」

言いたいことはわかっていたが、綾太郎はしらばっくれる。平吉は眉を撥《は》ね上げた。

「他人の女房をわざわざ名前で呼んだりして。おまえの女房と井筒屋の主人はどういう間柄なんだい」

「特に何もありゃしないよ」

「何もない男が人妻を名前で呼ぶもんか。今日の見立てだって、おまえの女房に贈るつもりだったんじゃ」

「むこうはうちの商いを邪魔したかっただけで、買う気なんてなかったのさ。おまえだって一部始終を見ていただろう」

「でもさ、年は十八で眉を落とした女と言ったら」

「馬鹿馬鹿しい。本当にやましいところがあれば、亭主に見立てを頼むもんか」

「普通はそうかもしれないけど、井筒屋の主人はたいそう男前だったからね。あんな男に言い寄られたら、女はついふらふらと」

「いい加減にしておくれ。うちのお玉は大丈夫だよ」

自分も一度は疑ったくせに、他人から言われると腹が立つ。うんざりして声を荒げれば、平吉が口を尖《とが》らせる。

「浮気相手が井筒屋じゃないなら、どこのどいつが怪しいんだい。さっきのおまえの顔色はただ事じゃなかったよ」

お互いに寝小便の回数まで知っている付き合いの長さは伊達《だて》ではない。見事に心を読まれてしまい、綾太郎は二の句に困る。

「……幼馴染みってのは、厄介だよね」

目をそらして呟《つぶや》けば、己のことだと思ったらしい。平吉が「ずいぶんじゃないか」と文句を言った。

「あたしはおまえのことを心配して、いろいろ言ってやっているのに」

「誰も頼んじゃいないだろう」

「それでも放っておけないのが、幼馴染みってもんじゃないか」

「天乃屋の若旦那もそうだといいけど」

うっかり口を滑らすと、平吉に「誰だい」と尋ねられる。「お玉の幼馴染みだよ」と告げたとたん、相手はぽんと手を打った。

「なるほど、そういうことかい」

「何を納得しているのさ」

「嫌いで別れた訳じゃないんだ。別の男に嫁いですぐに変な噂が立ったんじゃ、何かあってもおかしくないよ」

どうやら平吉の頭の中で、お玉と礼治郎は悲運の恋人と化したらしい。綾太郎が異を唱えようとすれば、「わかっているって」とうなずかれた。

「たとえ昔はどうであれ、今はおまえの女房だもの。綾太郎が怒るのも当然さ。ここは吉原《なか》に繰り出して、憂さ晴らしと行こうじゃないか」

「おまえもたいがい懲りないね。婿に行ったら吉原通いはやめるって、おじさんと約束したんだろう」

「何だい、その言い草は。あたしはおまえが気の毒だから、付き合ってやると言っているのに」

「せっかくだけど、気持ちだけで十分だよ。あたしは今、忙しいんだ」

遊びのダシにされてたまるかと、綾太郎はそっぽを向く。平吉は「わかってないねぇ」と嘆息した。

「おまえがそういう堅物だから、女房だって昔の男を忘れかねているんじゃないか。この際、ちょいと遊んでご覧。女房はおまえのことが気になって、幼馴染みどころじゃなくなるよ」

「だから、お玉は浮気なんてしていないって何度言ったらわかるんだい。そんなに行きたきゃ、ひとりで行けばいいだろう」

一瞬その気になったけれど、綾太郎は首を左右に振る。

それでなくても、怪しげな瓦版が出回ったばかりである。そろそろ帳場に戻らなければと、綾太郎は腰を浮かせた。

「さっきはおかげで助かったよ。淡路堂さんにはお祝いを贈るけど、お三和ちゃんにはおまえからよろしく言っておくれ」

「助かったと思っているなら、どうして付き合ってくれないのさ。あたしだって婿入り先でつらい思いをしてるのにっ」

こっちの言葉をみなまで聞かず、平吉がいきなり癇癪《かんしゃく》を起こす。一見気楽そうな幼馴染みも鬱憤《うっぷん》を溜《た》め込んでいたようだ。

「あたしがあちこち出歩くのは、杉田屋が針の筵《むしろ》だからさ。舅《しゅうと》姑《しゅうとめ》ばかりか奉公人まで、あたしを種馬のように扱うんだよ」

「平吉、ちょっと落ち着いて」

「女房はわがまま三昧《ざんまい》で、床の中でもうるさいし……幼馴染みがこれほど苦労をしているのに、おまえはあたしを見捨てるのかいっ」

泣かんばかりに訴えられれば、突き放すのは難しい。

やはり幼馴染みは厄介だと、綾太郎は肩を落とした。


日本橋から吉原までは舟を使うことが多い。山谷《さんや》堀《ぼり》まで猪牙《ちょき》舟《ぶね》で行き、そこから駕籠で大門へ。懐がさびしいという者は日本堤を歩いて行く。

しかし、綾太郎は通しで駕籠《かご》を使った。数日前、慣れない田舎侍《あさぎうら》が川に落ち、もの笑いの種になったからだ。

「この時期は舟で隅田川沿いの桜を眺めるのが乙なのに。猪牙に乗りたくないなんて、それでも江戸っ子の端くれかい」

大門の手前で駕籠から降りたとたん、平吉がからかうように言う。

さんざん通ったそっちと違い、こっちは狭くて揺れる舟に乗り慣れていないのだ。

綾太郎はぶすりと言い返した。

「別に猪牙に乗らなくたって、商いの障りにはならないんでね」

「『江戸っ子の生まれ損ない　猪牙に酔い』なんて、川柳もあったっけ」

「うるさいねっ。無理やり連れ出したくせに文句を言うんじゃないよ」

商いなどほったらかしの誰かと違い、自分には跡継ぎとしての務めがある。眉をつり上げた綾太郎に平吉は「そういえば」と話を変えた。

「今年は花見ができなかったと言ってただろう。ここならまだできるから、ちょうどいいじゃないか」

平吉は綾太郎の手を摑《つか》んで意気揚々と大門をくぐる。すると、目の前に今が盛りと咲き誇る桜並木が現れた。

吉原の真ん中を貫く仲之町《なかのちょう》は四季折々に姿を変える。中でも三月の桜は有名で、知る人ぞ知る桜の名所となっていた。

「もの言わぬ花と、もの言う花。ここじゃ一度に二通りの花見ができるって寸法さ」

我が事のように自慢をされたが、綾太郎は聞いていなかった。目の前の景色に気を取られていたからだ。

吉原は江戸の東北とはいえ、今満開の桜を見られるとは思わなかった。きっと桜が散るごとに植え替えているのだろう。

散ればこそいとど桜はめでたけれ——とはいえ、散った後の桜の木を眺めて喜ぶ者はいない。まして、男の夢の園では、美しい盛りの女と花しかお呼びでないに決まっている。うがったことを考えたとき、綾太郎は桜のそばの見慣れた顔に気が付いた。

「余一じゃないか。何だってこんなところにいるんだい」

思わず大きな声で呼べば、余一もこっちに気付いたようだ。そして、いつもの仏頂面をよりいっそう険しくした。

「そいつぁ、こっちの台詞でさ。こんなところで遊んでいたら、またぞろ妙な瓦版を撒かれやすぜ」

韓紅《からくれない》の振袖《ふりそで》の始末といい、古着の施しの件といい、余一は続けて大隅屋の面倒に巻き込まれている。分の悪い綾太郎が黙ったら、事情を知らない平吉が怒ったように口を挟んだ。

「そう言うおまえさんだって、ここには遊びに来たんだろう。同じ穴のむじながえらそうな顔をしないでおくれ」

「あいにく、こっちは仕事でさ」

一緒にするなと言いたげに余一が睨む。平吉は束の間《つかま》詰まったが、すぐに「本当かねぇ」と疑うような目を向けた。

「おまえさん、仕事は何をしているんだい」

「その男は余一と言って、きものの始末をする職人さ。去年、おまえと唐橋《からはし》の道中を見ただろう。あのとき、花魁《おいらん》が着ていた打掛はこの男が始末したものだよ」

二人が険悪になるのを恐れ、口の重い余一に代わって綾太郎が説明する。たちまち、平吉の目が輝いた。

「それじゃ、今日も唐橋に呼ばれたのかい」

「見ず知らずのおめぇさんに答える義理はねぇ」

「あたしは薬種問屋杉田屋の婿で、平吉って言うんだ。綾太郎とは幼馴染みで怪しい者じゃないからさ。唐橋のところへ行くなら、あたしも連れて行っておくれ」

吉原一の人気を誇り「西海天女《さいかいてんにょ》」の異名を持つ花魁は、平吉の憧《あこが》れの的である。上ずった声を出す幼馴染みに綾太郎は苦笑した。

余一は金持ちと女にだらしない男が大嫌いだ。相手にされないだろうと思っていたら、案の定、苦々しげに返される。

「大見世の花魁に会いたけりゃ、引手茶屋に頼んでくれ」

「何度も呼ぼうとしたけど、相手にされなかったんだ」

「だったら、なおさら連れて行けねぇ」

「ということは、やっぱり唐橋のところへ行くんだね」

にやりとする平吉に、余一がしまったという顔をする。それから、眉根を寄せてこっちを見た。

「幼馴染みなら何とかしてくだせぇ」

「悪いけど、あたしじゃ平吉を止められないよ。これも縁だと諦《あきら》めて、連れて行ってくれないか」

ひとまず平吉の味方をすれば、余一がむっつり黙り込む。もうひと押しと思ったのか、平吉がいきなり手を合わせた。

「ここでおまえさんに会ったのも観音様のお導き、これこの通り頼みます」

「……会うかどうかは花魁が決める。おれに手を合わせられても困りやす」

平吉の勢いに押されたのか、余一は諦めたように言う。そして、桜を見上げる人々の間を逃げるように歩き出す。

綾太郎はその背中を平吉と共に追いかけた。

西海屋《さいかいや》の裏に着いたとき、七ツ（午後四時）の鐘が鳴り終わった。昼見世の終わった今から夜見世の始まる暮れ六ツ（午後六時）まで、女郎たちは一息つく。

もっとも夜見世の前に支度をしなくてはならないから、休めるのはせいぜい半刻（約一時間）ほどか。ちなみに夜見世は引け四ツ（午前零時）まで続く。

「余一さん、唐橋花魁がお待ちでさ。おや、後ろにいらっしゃるのは淡路堂の若旦那じゃござんせんか」

男衆に呼びかけられ、平吉が綾太郎の背に隠れる。かつて平吉は西海屋の八重垣《やえがき》花魁に通い詰めていた。見世の男衆が覚えていても不思議はない。

「何でまた、こんなところに」

「きょ、今日はあたしも唐橋花魁に呼ばれたんだ。ねぇ、余一さん、そうだよね」

苦し紛れの言い訳に余一は返事をしない。男衆はたちまち目を尖らせ、綾太郎は仕方なく話を継いだ。

「唐橋花魁に聞いてみてくれないか。余一と一緒に大隅屋の綾太郎と杉田屋の婿の平吉が来ているけれど、どうしましょうって」

懐紙に金を包んで握らせると、男衆は踵《きびす》を返して階段を昇って行く。幸いすぐに戻って来た。

「どうぞ、お二人も上がってくだせぇ。ただし、楼主と遣手には見つからねぇようにしてくだせぇよ」

「すまないね」

綾太郎は礼を言って余一に続く。平吉は「茶屋も通さず、タダで西海屋の二階に上がれるなんて」と、妙なところで感激していた。

「これはあやさま、お久しゅうござんすなぁ」

唐橋の座敷は去年と変わらず豪華だったが、中にいたのは花魁ひとりだ。紅はつけているものの、鬢《びん》の毛はほつれて帯の結びもゆるい。長煙管《ながギセル》を口にくわえたまま、さも気怠《けだる》げにこっちを見る。

その崩れた様子が色っぽくて、知らず綾太郎の顔が赤らむ。とっさに「禿《かむろ》や新造はどうしたんだい」と尋ねれば、唐橋は口をすぼめて煙を吐いた。

「わっちに会って、最初に言う言葉がそれざんすか」

「え、えっと」

「祝言の前には来てくださるかと思ったのに……とうとう一度も来てくださらず、どれほど恨めしく思ったことか」

「ちょ、ちょ、ちょっと花魁、そういう言い方はやめておくれ。あらぬ誤解をされるじゃないか」

唐橋に招かれたことはあるものの、床を共にしたことはない。身に覚えのない恨みを言われ、綾太郎はうろたえる。そうとは知らない平吉はたちまち目尻をつり上げた。

「綾太郎、おまえいつの間に」

「平吉、勘違いしないでおくれ。あたしが花魁に招かれたことがあるのは、おまえも知っているだろう」

「だったら、どうして花魁が恨めしいなんて言うんだいっ」

「花魁、そのくらいにしておきなせぇ。あまり遊んでいると、支度をする暇がなくなりやすぜ」

さすがに見かねたのか、余一が助け船を出してくれる。綾太郎はほっとした。

「元はといえば、余一さんが悪いんざます。存じよりのあやさまはまだしも、見ず知らずの方まで連れて来るとは。わっちはぬしの顔を立てて、二階に上げたのでありんすえ」

唐橋は細い眉をひそめ、長煙管を灰吹きに打ち付ける。余一はばつが悪そうに鼻の付け根を指でこすった。

「ところで、今日は何の用で」

「わっちが預けた『いろはの打掛』を紅鶴《べにづる》が着られるように始末してくんなまし」

「いいんですかい」

念を押す余一に唐橋がうなずく。横から平吉が口を挟んだ。

「花魁、紅鶴ってなぁ誰のことだい」

「……西海屋の平昼三《ひらちゅうさん》ざます。前は小鶴《こつる》という名で、わっちの振新（振袖新造《ふりそでしんぞう》）をしておりんした」

平吉の顔を見ようともせずに唐橋が答える。綾太郎は年の割に大人びた小鶴の姿を思い出した。

「そういえば、去年突き出したんだっけ。元気にしているのかい」

「元気にしているのなら、余一さんに打掛の始末なんぞ頼みんせん」

なぜか唐橋に睨まれて、綾太郎は心配になる。「小鶴がどうかしたのかい」と尋ねれば、花魁はきれいな顔をうつむかせた。

「……ここだけの話でありんすえ。あの子は、客以外の男と情を通じたんざます」

小鶴は突き出してすぐに売れっ妓《こ》となったものの、馴染みとなった大身《たいしん》旗本の供侍とひそかに情を交わしてしまった。唐橋はすぐにそれと察して、人知れず二人の仲を裂いたという。

「幸い殿様にも楼主にも知られずにすみ、わっちはほっとしておりんした。ところが、当の紅鶴が殿様の相手は嫌だと言い出し……今は仕置をされておりんす」

「あの小鶴がそんなことに」

見た目が大人びているとはいえ、小鶴、いや紅鶴は今年で十六だったはず。金で身を売るつらさに耐えかね、間夫を作っても不思議はない。その仲を無理に裂かれれば、間夫の仕える主君の顔など二度と見たくないだろう。

「どうして見逃してやらなかったんだい」

唐橋が見て見ぬふりをすれば、紅鶴も殿様の相手を続けていたに違いない。責めるような口を利けば、平吉が出しゃばった。

「禁じられた恋は火事と一緒さ。時が経《た》つほどに燃え広がり、すべてを駄目にしちまう。気付いた者がすぐに消すしかないんだよ」

「さすがは八重垣さんのいい人ざます。吉原《なか》の事情をよくご存じでありんすなぁ」

別の男に身請けをされた敵娼《あいかた》の名を口にされ、平吉は目を泳がせた。

「そねぇなお人が余一さんの後ろに隠れて西海屋の二階に上がるとは。八重垣さんに知らせたら、さぞ驚くでありんしょう」

「花魁、そういじめないでおくれ」

憧れの花魁にとっちめられて、平吉が情けなく眉を下げる。唐橋は面白くなさそうに長煙管の先で煙草盆《タバコぼん》を押した。

「売り物と承知で近づくからは、金がかかって当然ざます。タダで座敷に上がろうなんて、わっちも安く見られたもの」

「あ、あたしはそんなつもりじゃ」

「甲斐性《かいしょう》のない男に女はしあわせにできんせん。紅鶴に言い寄った若侍も……己の立場をわかっていながら若いあの子に言い寄るなんて、とんだ性悪侍ざます」

唐橋にしてはめずらしく歯ぎしりをして悔しがる。

妹分が気がかりで、元から機嫌が悪かったようだ。今日の平吉はまさしく「飛んで火にいる夏の虫」か。綾太郎は間の悪い幼馴染みが気の毒になった。

「紅鶴のために打掛を仕立て直すなら、本人を呼んだほうがいいんじゃないか」

「おまえは本当に無粋だね。紅鶴は仕置をされているんだろう。人前になんて出られるもんか」

かばったはずの平吉に呆《あき》れられ、綾太郎は不愉快になる。唐橋は懐から書付を取り出した。

「ここにあの子の寸法が書いてありんす。余一さん、急いで始末しておくんなんし」

「わかりやした」

「いつも無理ばかり言って申し訳なく思っておりんす。けんど、あの打掛を着こなせれば、紅鶴も一人前の吉原《なか》の女になれんしょう」

「おれも、そう思いやす」

余一は思い詰めた表情で書付を受け取る。いつになく青ざめた横顔に気を取られたとき、平吉が「よし、わかった」と手を打った。

「あたしがその殿様になり代わり、紅鶴の馴染みになってやるよ。そうすりゃ、唐橋も肩の荷が下りるだろう」

「本気ざますか」

「もちろんだよ。憧れのおまえさんに嘘《うそ》なんかつくものか」

調子よく安請け合いをして、平吉は唐橋の手を握る。そんなことができるのかと綾太郎は危ぶんだが、口に出すことはしなかった。

「おれはこれで失礼しやす。始末が終わり次第、打掛を持って来やすから」

「さて、わっちも支度を始めねぇと、暮れ六ツに間に合いんせん」

唐橋に横目で促され、綾太郎も余一に続いて立ち上がる。

「それじゃ、あたしたちも失礼しよう。ほら、平吉。花魁の手を放さないか」

きものの袖を引っ張ると、幼馴染みは渋々唐橋の手を放した。そして、名残惜しそうな顔つきで西海屋の裏から表に出る。

「おまえさんのおかげで、思いがけず唐橋に会うことができた。じきに夜見世が始まるし、一杯おごらせておくれ」

「いえ、おれはけっこうでさ」

余一は平吉に頭を下げ、さっきよりも人通りの増えた仲之町を歩き出す。綾太郎はとっさにその後を追いかけた。

「綾太郎、どこへ行くんだい」

「すまないけれど、ひとりで遊んでおくれ。おまえの女房に聞かれたら、一緒だったと答えてやるから」

「ええ、そりゃないよ。ちょっと、綾太郎っ」

幼馴染みの怒った声が聞こえたけれど、綾太郎の足は止まらなかった。

三

暮れ六ツが近づくにつれ、大門を目指す男の数は増えて行く。赤い西日のせいだけでなく、どの顔もやけに輝いている。

余一と綾太郎はその流れに逆らって、日本堤を歩いていた。

「幼馴染みを置き去りにしてよかったんですかい」

余一の問いに綾太郎はうなずいた。

「あたしはもともと来たくなかったんだ。それより、おまえさんは唐橋の打掛を預かっているのかい」

「へえ、いくつか」

「質屋じゃあるまいし、何だってそんなことをしているのさ。箪笥《たんす》の肥やしにしたら、きものが気の毒だって言ったくせに」

嫌味たらしくうそぶけば、余一は片眉を撥ね上げる。

「手元には置いておけねぇが、どうしても手放せねぇ。おれの長屋の二階には、そういう預かりものが置いてあるんでさ」

「何だってそんなことを」

「おれが好きでしていることった。放っておいてくだせぇ」

ぶっきらぼうに言い返されて、綾太郎は呆れ果てた。

他人の訳ありのきもののために、高い店賃を払っているのか。どうせ余一のことだから、預かり賃など受け取らずに手入れもしているのだろう。

まるで愛想がないくせに、つくづくお人よしな男だよ。綾太郎はため息をつき、別のことを口にした。

「それで、『いろはの打掛』ってのは、どんなものなんだい。唐橋が着る打掛だもの。まさか本当にいろはは柄じゃないんだろう」

いろはは四十七文字を柄にした帯やきものはざらにある。けれど、見た目が華やかとは言い難く、花魁の打掛には向かないはずだ。それとも、花や鳥と組み合わせて豪華に仕上げてあるのだろうか。考え込む綾太郎に余一が苦笑した。

「若旦那は根っからきものが好きと見える」

「何だよ、おまえさんだって同じだろう」

「おれは好きも嫌いもねぇ。それしか知らねぇだけだ」

いつになく弱々しい口ぶりが綾太郎は引っかかった。

「何だい、気味が悪いね。世の中には何の取柄もないやつだって大勢いるんだ。ひとつできれば十分じゃないか」

柄にもなく励ますようなことを言ってしまい、たちまち落ち着かない気分になる。余一はちらりとこっちを見たが、すぐさま地べたに目を落とした。

「御新造さんは元気ですかい」

「ああ、おっかさんはおとっつぁんを見直したみたいでね。いい年をして、見ているこっちが恥ずかしくなる」

正直に教えてやれば、余一は首を左右に振る。

「おれが聞いたのは、若旦那の御新造さんでさ」

「それは……」

古着の施しがうまく行き、お玉はすっかり元気になった。おまえさんのおかげだと口にすればいいだけなのに、なぜか言葉が続かない。綾太郎は口ごもり、やや␣してため息まじりに言った。

「あたしは、おまえさんがうらやましいよ」

「急にどうしやした」

「お糸ちゃんみたいな器量よしに心の底から思われてさ。ああいう娘と一緒になったら、男はしあわせだよねぇ」

あれだけ真摯《しんし》に思われたら、亭主は心丈夫だろう。女房の気持ちを勘繰ってしまう自分とは大違いである。

「若旦那は今、しあわせじゃねぇんですかい」

「しあわせじゃない……とは言わないけど」

そういうふうに聞かれると、たちまち歯切れが悪くなる。親の決めた嫁でも、お玉のことは嫌いではない。だからこそ、別の男を思っていたらやりきれないし、問い質《ただ》すことがためらわれる。

「大隅屋に邪魔をしたとき、おれは桐屋のお嬢さんがいいところへ嫁に行ったと思いやした。おみつもそう思っていやす」

「……本当にそう思うかい」

「へえ」

「天乃屋よりも？」

余計なことを聞いてしまい、綾太郎は後悔する。いくら余一がへそ曲がりでも、ここで否定はしないだろうと思っていたら。

「そいつは女房に聞いてくだせぇ」

「嫌なやつだね。そういうときは義理でも『はい』と言うもんだよ」

自分は惚れられているからって、勝手なことを言いやがって。綾太郎がふくれると、余一はぼそりと呟いた。

「女の幸不幸は男次第だ。唐橋花魁が紅鶴の道ならぬ恋を邪魔したのは、相手が不甲斐ないからでさ」

「だけど、女は甲斐性で男に惚れる訳じゃないからね」

すべてが損得ずくならば、紅鶴だって殿様の家来に惚れることはなかったろう。理屈通りにならないから、色恋沙汰《ざた》は厄介なのだ。

「身代《しんだい》だけなら、天乃屋よりうちのほうが上だと思うけど」

「だから、そいつは本人に聞きなせぇ。一緒に暮らしているんだから、これほどたやすいこたぁねぇはずだ」

「一緒にいるからこそ、聞きづらいんだよ」

「惚れ合って一緒になろうと、親の言いつけで一緒になろうと、夫婦は夫婦じゃありやせんか。女房が他の男を忘れかねているのなら、もっと大事にしてやりなせぇ。そうすりゃ、気持ちも変わりやす」

「何だい、他人事だと思ってえらそうに。そう言うそっちはお糸ちゃんの気持ちにあぐらをかいているんじゃないか。たまにはやさしくしておあげ」

　女を大事にしろだなんて、余一にだけは言われたくない。むきになって言い返せば、余一の目尻もつり上がる。

「余計なお世話だ。おれにはおれの事情がある」

「あたしにだってあたしなりの事情や考えがあるんだよ。いい気になって、お糸ちゃんを不幸にしたら承知しないからね」

　嚙《か》みつくように言ったとたん、余一がなぜか目を瞠る。それから痛みをこらえるような顔をして、「わかっていやす」と呟いた。

「おれだって、お糸ちゃんにはしあわせになって欲しい。若旦那に言われるまでもありませんや」

　だったら、早く一緒になろうとお糸ちゃんに言えばいい——綾太郎がそう告げる前に、余一は足を速めて先に行ってしまう。

「ちょっと、どこへ行くんだい」

　慌てて呼び止めたにもかかわらず、すぐに背中は見えなくなった。

　辺りはすでに薄暗く、建ち並ぶ家の軒下には提灯《ちょうちん》が灯《とも》されている。綾太郎はそれを見て、ここが山谷堀だと気が付いた。若旦那は舟で帰るとむこうは思ったのだろう。

まったく、余一の早とちりめ。お糸ちゃんの苦労がしのばれるよ。

綾太郎はいなくなった職人を腹の中で罵《ののし》った。

四

杉田屋の番頭が大隅屋にやって来たのは、吉原に行った二日後だった。

「お忙しいところ申し訳ございませんが、若旦那にうかがいたいことがございまして。少々お暇をいただけますか」

実直そうな顔つきと白髪まじりの頭からして、お店大事の忠義者だろう。跡継ぎ娘の命を受け、婿の言葉が本当なのか確かめに来たに違いない。

――おまえとあたしは一晩中一緒だったことになっているからね。くれぐれも先に帰ったなんて言わないでおくれよ。

すでに平吉から念押しの文をもらっていたので、綾太郎は快く承知した。

「先日はうちの若旦那にお付き合いいただきましたそうで」

裏の事情はすべて承知と言いたげに、番頭が深々と頭を下げる。綾太郎は苦笑いを浮かべて「とんでもない」と手を振った。

「付き合ってもらったのは、あたしのほうなんですよ。平吉は御内儀をはばかって行きたくないと言ったんですが、あたしはああいった場所に不案内なものですから。そのせいで羽目を外してしまい、吉原泊《なか》まりになってしまいました。杉田屋の若御新造にはそう伝えてくれませんか」

「さようでございますか。手前はうちの若旦那が無理を言ったのだとばかり思っておりました」

番頭に顔を見据えられ、綾太郎は見えないところに汗をかく。だが、幼馴染みのために笑顔で話を続けた。

「番頭さんが勘違いをなさるのも当然です。平吉は婿入りするまで、ずいぶん遊んでいましたから。ですが、若いうちに遊んだ男のほうが後で身持ちがよくなるそうですよ」

「ならば、大隅屋の若旦那はこれから大変でございましょう」

強烈な嫌味を返されて、さすがに綾太郎の顔がこわばる。しかし、ここで怒ってはいけないと、かろうじて笑みを崩さなかった。

「この間はその……忙しい合間の息抜きと言いますか」

「大隅屋さんの商いが繁盛なさっていることは、手前も存じ上げております。己の稼いだ金で堂々と遊ぶなら、とやかく申すつもりはございません。むしろ男として見上げたものだと思います」

「はあ、さようで」

「ですが、うちの若旦那は一文も稼いでおりません。無論、薬種商いはご存じないのを承知で来ていただいた方ですから、それは仕方がございません。ですが、己で稼いでいない金を吉原で使うのはいかがなものでしょう」

真面目な顔で問いかけられれば、さすがに返事に困ってしまう。

番頭がこの調子では、平吉も息が詰まるだろう。「杉田屋は針の筵だ」と訴えるのも無理はない。

「今後、吉原に行かれることがございましても、うちの若旦那は誘わないでくださいまし。お嬢様は悋気《りんき》の強い方ですし、まだ御子がございません。若旦那には婿としての務めを早く果たしていただかないと」

「……はあ」

外で女と寝る前に妻と励めと言いたいのか。恥ずかしげもなく言い切られ、綾太郎は面食らう。番頭の狙いは「平吉と吉原に行ったかどうか」より、「今後、平吉を吉原に連れて行くな」と釘《くぎ》を刺すことだったようだ。

相手の言い分に理がある以上、ここは承知せざるを得ない。綾太郎は腹の中で幼馴染みに手を合わせた。

「おっしゃることはわかりました。平吉の立場を考えて、これからは誘わないようにいたします」

「大隅屋の若旦那なら、そうおっしゃってくださると思っておりました。それでは、手前は失礼いたします」

役目を終えた杉田屋の番頭はそそくさと帰って行く。その姿が見えなくなってから、綾太郎はふと気が付いた。

平吉は「紅鶴花魁の馴染みになる」と唐橋に約束したけれど、それどころではないようだ。綾太郎は急に紅鶴の身が心配になった。

――あの打掛を着こなせれば、紅鶴も一人前の吉原の女になれんしょう。

余一が始末するという「いろはの打掛」は、果たしてどんなものなのか。平吉が当てにならない今、ますますそれが気にかかる。

とはいえ、平吉の代わりに自分が通えるものでもない。お玉に「やっぱり礼治郎さんがよかった」と思われたら大変だ。

あれこれ気を揉んでいたら、翌日の昼過ぎに平吉がやって来た。

「綾太郎の馬鹿っ、どうして番頭にあんなことを言ったのさ」

出会い頭に罵られ、綾太郎はむっとした。

せっかく口裏を合わせたのに、なぜ文句を言われるのか――こっちがそう言い返す前に、幼馴染みが地団太を踏む。

「あたしを二度と吉原に誘わないと番頭に言ったんだってね。おまえがそんなに薄情だなんて知らなかったよ」

「仕方ないだろう。番頭さんの言い分は筋が通っているんだもの。それに『己の稼いだ金で遊ぶのは男の甲斐性だ』とも言っていたよ。おまえが商いを覚えて杉田屋を繁盛させれば、大手を振って吉原にも行けるってことさ」

平吉が不機嫌な訳がわかり、綾太郎は事情を説明する。しかし、相手は不満そうに鼻を鳴らした。

「簡単に言ってくれるじゃないか。おまえだって商人の端くれなら、商いの難しさは承知しているだろう。まして薬種は数えきれないほどあるんだよ」

「だからって、これから先も商いを覚えないつもりかい。そんな心根だから、番頭さんに睨まれるんだ」

綾太郎が番頭の肩を持つとは思わなかったのだろう。平吉は身体《からだ》を震わせる。

「家を継ぐおまえにあたしの苦労がわかるもんかっ」

「そう言うおまえは、淡路堂を継ぐための努力を何ひとつしなかったじゃないか。今さら泣き言なんか聞きたくないよ」

あえて厳しいことを言えば、平吉は二の句を継げなくなる。そして口を尖らせて、腰の煙草入れをいじり出した。

「種馬扱いが悔しかったら、まずは商いを覚えないと。おまえが真面目《まじめ》に務めれば、むこうも態度を改めるって」

次いで諭すように続ければ、平吉が大きなため息をつく。

「せっかく中見世で床上手の器量よしを見つけたのに。裏を返すこともできないなんて、あたしも落ちぶれたもんだよ」

「床上手の器量よしって……おまえは紅鶴の馴染みになると唐橋に約束したくせに」

吉原では最初の登楼を「初会」と言い、二回目を「裏を返す」と言う。続けて三度通えば「馴染み」となり、吉原で公認の仲になるのだ。

今となっては、平吉が紅鶴の馴染みになれないことは承知している。だが、最初からその気がなかったなんて。責めるような声音を出せば、相手はけろりと言い放った。

「あたしは肩身の狭い婿養子だよ。金のかかる大見世に通えるはずがないだろう」

「だったら、どうしてあんなことを」

「そう言ったら、唐橋の手のひとつも握れるかと思ってさ。さすがに西海天女、白魚のような指ってのは、ああいうのを言うんだろうね」

唐橋の手の感触を思い出したのか、平吉の目尻が一段下がる。

前からいい加減な男だと思っていたが、まさかここまでとは思わなかった。綾太郎は目の前の幼馴染みを睨みつけた。

「唐橋は本気で紅鶴のことを案じているんだ。その気持ちに付け込むなんて、あんまりじゃないか」

「吉原ってのは、男と女が騙《だま》し騙されるところだよ。唐橋だってあたしの言葉を鵜呑《うの》みになんてするものか」

「だけど」

「女郎だって、客の気を惹《ひ》くために偽りの身の上話や心にもないことを言うじゃないか。そのせいで客が一文なしになったって、敵娼《あいかた》を責めるやつはいないだろう。客だって同じだよ」

恥じることなく言い返されて、綾太郎は口を閉じる。

平吉の言い分はわかるけれど、腹が立って仕方がなかった。

「紅鶴花魁、久しぶりだね」

「あやさま、お懐かしゅう」

綾太郎が再び吉原に出向いたのは、三月二十八日のことだった。今度は引手茶屋を通して西海屋に上がり、敵娼として紅鶴を呼んだのだ。

「暮れに御新造様をもらわれたと、唐橋花魁から聞いておりんす。こねぇなところに来てよろしいのでありんすか」

「仕方ないだろう。おまえが心配だったんだ」

「あいかわらず、あやさまはおやさしゅうござんすなぁ」

紅鶴はそう言って泣きそうな顔で笑う。

引付座敷で見たときはずいぶん大人びたと思ったけれど、そういう顔は年相応だ。横兵庫の髪を島田髷《しまだまげ》に結い直し、萌黄《もえぎ》色の打掛を黄八丈の綿入れに着替えれば、華やかな花魁から十六の小町娘に様変わりするだろう。

「仕置をされたと聞いたけど、身体のほうは大丈夫なのかい」

「わっちは売り物ざますから、傷が残るような真似はされんせん。安心してくんなまし」

それを聞いてよかったと思うほど、綾太郎だってあさはかではない。つまり、紅鶴は見えないところを痛めつけられたということだ。

「かわいそうに」

「あやさま」

「ひどい目に遭ったね。おまえはまだ十六なのに」

痛ましいものを見るように綾太郎は眉を下げる。紅鶴は首を左右に振った。

「わっちはひどい目に遭ってなんぞおりんせん」

「あたしの前で強がらなくたっていいんだよ。おまえの事情はすべて唐橋花魁から聞いているんだ」

「強がりではござんせん。女郎の身でありながら、一生一度の恋をすることができたのでありんす。この先どうなろうとも悔いはありんせん」

静かに微笑む紅鶴からは並々ならぬ覚悟がうかがえる。その落ち着きぶりが綾太郎を不安にさせた。

「まさかとは思うけど、早まった真似はするんじゃないよ」

「わっちの命も身体も、わっちのものではありんせん。そうでなければ、とっくに死んでおりんすよ」

「小鶴」

思わず昔の名で呼べば、相手は再び年相応の顔をした。

「あやさまの御新造様はおしあわせでありんすなぁ。これねぇに正直で、おやさしい人はござんせん」

それが口先のものではないとわかるから、綾太郎は困ってしまう。

平吉を非難して紅鶴を呼んでみたものの、馴染みになってやることはできない。紅鶴はそれがわかっているから、「あやさまの御新造様はおしあわせ」と言っているのだ。

「……惚れていない男に抱かれるのがつらいなら、あたしの女房だってしあわせじゃないかもしれないよ」

なぜそんなことを口にしたのか、自分でもわからない。目を丸くした紅鶴を見て、綾太郎はすぐに後悔した。

だが、次の瞬間笑い出されて、今度はこっちが目を丸くする。

「そねぇな心配はするだけ無駄というものざます。御新造様はあやさまにちゃんと惚れていなさりぃすよ」

「どうしてそんなことが言えるのさ」

「だって、あやさまは女の気持ちを考えてくださるではありんせんか。そねぇな男と一緒になって、惚れない女がいるものですか。こねぇなところへ来ている暇に、どうか御新造様と言葉を交わしておくんなんし」

これではどっちが年上かわかったものではない。黙り込んだ綾太郎に構わず紅鶴が話を続けた。

「吉原の女と客は一夜限りの夫婦ざますが、互いの胸の内を明かすことはありんせん。けんど、あやさまと御新造様は誰はばかることのない立派な夫婦ざます。包み隠さずに思いを打ち明けておくんなんし」

その言葉と紅鶴の表情に綾太郎は胸を衝《つ》かれる。

お玉がかつて礼治郎を好きだったとしても、今は自分の女房なのだ。いつか「綾太郎さんと一緒になってよかった」と思ってもらえるように努めればいい。ただそれだけのことなのに何を恐れていたのだろう。

「そうだね、おまえの言う通りだ。早く帰ることにするよ」

「あい、そうしておくんなんし。わっちも馴染みにならない客に媚《こび》を売る気にはなれんせん」

気丈に振る舞う姿に綾太郎の心が痛む。通ってやることはできないけれど、何か力になってやりたい。そして、ふと閃《ひらめ》いた。

「もしよかったら……思い人に文を届けてやろうか」

「えっ」

「二度と会うことはできなくても、惚れているのはぬしだけだと文にお書きよ。そうすりゃ、おまえの気持ちはきっと相手に伝わるだろう」

「あやさま」

「あたしは馴染みになれないけれど、思いを届けることはできるからさ」

小声でそっと耳打ちすれば、紅鶴の顔が朱に染まる。そして、綾太郎の目を見てうなずくと、裾《すそ》をさばいて立ち上がった。

ややして戻って来たときは、手に文を握っていた。

「これを、旗本五千石、鷹取《たかとり》家の望月敬之進《もちづきけいのしん》様に渡しておくんなんし。よろしくお頼み申しんす」

他人に見られるとまずいからか、文の表に宛名《あてな》はない。綾太郎はそれを受け取り、懐にしまってうなずいた。

五

綾太郎が家に戻ったのは町木戸が閉まる直前だった。

「おかえりなさいまし」

「お玉、起きていたのかい」

障子ごしに漏れる灯《あか》りは有明行灯《ありあけあんどん》のものだったから、もう休んでいると思っていた。布団の上に寝間着姿で正座しているお玉を見て、綾太郎は目を瞠る。そのままそばに寄ったところ、お玉が身体をこわばらせた。

「白粉《おしろい》の匂《にお》いがしますが、どちらへお出かけだったんでしょう」

「それは」

「また吉原でございますか」

ほの暗い灯りでは相手の顔がよく見えない。思いつめた様子の声に綾太郎はうろたえた。

「あ、あたしはやましいことなんて何もないよ。これには深い事情があってさ」

紅鶴のことを包み隠さず話したけれど、お玉はうつむいたままである。ここにもしおみつがいたら、さぞかし騒がしかっただろう。

「という訳で、あたしは紅鶴のことが心配だっただけなんだ。床入りなんてしていたら、こんな時刻に戻れるもんか」

「はい、わかっております」

「だったら、顔を上げておくれ」

「それはできません」

下を向いたまま首を振られて、綾太郎はむっとする。わかっていると言いながら、やっぱりわかっていないじゃないか。

「あたしはおまえとちゃんと話がしたいんだよ。いつもはおみつがそばにいて二人きりになれないだろう。この際、思っていることを正直に言おうじゃないか」

「はい」

お玉は顎を引くものの、やっぱりこっちを見ようとしない。綾太郎はため息をつき、布団の上から立ち上がる。

「こう暗くちゃ、話がしづらくていけない。灯りをつけよう」

「やめてくださいっ」

力任せに袖を引かれ、綾太郎は思わずよろめく。眉をひそめて振り返り、ようやくお玉と目が合った。

「おまえ、泣いていたのかい」

かすかな灯りでもわかるくらいにお玉の目は赤い。頑なに顔を伏せていたのは、それを知られたくなかったからか。

「何も泣かなくたって……あたしは別にやましいことは」

焦って同じ台詞を繰り返せば、お玉に睨みつけられた。

「あたしは綾太郎さんの妻です。一緒になって間もない夫がたびたび吉原に足を運べば、不安になって当然でしょう」

「いや、でもさ」

「ああいうところの女の人は手練手管に長《た》けていて、男の人を虜《とりこ》にすると聞いています。世間知らずのあたしではとても太刀打ちできません」

その言葉を聞いたとたん、綾太郎の口元がだらしなく緩む。

礼治郎との仲なんて勘繰らなくてよかったんだ。お玉はこんなにもあたしに惚れているじゃないか。

相手の気持ちがわかったとたん、自分の本音は隠したくなる。しかし、お玉の本音を聞いた以上、黙っているのはずるいだろう。綾太郎は布団の上に座り直し、咳払《せきばら》いをして切り出した。

「そう言うおまえだって……天乃屋の若旦那とはどういう仲なんだ」

「えっ」

「ただの幼馴染みにしては、おまえのことを気にしすぎだろう」

お玉はそんなことを言われるなんて夢にも思っていなかったらしい。赤い目を何度もしばたたく。

「その誤解はとっくに解けたと思っていました」

「どうして」

「だって、礼治郎さんとじかに会って話をなさったんでしょう。そうしたら、ただの幼馴染みだってわかりそうなものじゃありませんか」

「あいにく、あたしはわからなかったね。どうしてただの幼馴染みの嫁ぎ先にやって来るのか、引っかかって仕方がなかったよ」

開き直って正直に言えば、暗がりの中でもお玉の頰《ほお》が徐々に赤らむのがわかる。互いにやきもちを妬《や》かれて喜ぶなんて、恥ずかしいったらありゃしない。

——吉原の女と客は一夜限りの夫婦ざますが、互いの胸の内を明かすことはありんせん。けんど、あやさまと御新造様は誰はばかることのない立派な夫婦ざます。包み隠さずに思いを打ち明けておくんなんし。

あの言葉がなかったら、お玉と向き合うことはなかった。預かった文は必ず届けてやらないと。

お玉の肩を抱きながら、綾太郎は改めて思った。


大隅屋は元々呉服屋で、三代目のときに太物問屋から嫁をもらい、同時に問屋株を譲り受けたと聞いている。そのため昔からの得意先には大身旗本もいるけれど、鷹取家にはあいにく出入りをしていない。それでも、得意先の殿様の名を出せば、門前払いはされないだろう。

二十九日の昼下がり、綾太郎は市ヶ谷御門のそばで辻《つじ》駕籠を降りた。鷹取家は尾張《おわり》藩上屋敷の近くにあり、ここまで来たらもうすぐそこだ。

この辺りの桜はすっかり葉桜になっていた。誰もが足を止めることなく桜の下を通り過ぎる。

また春が来て花をつけるまで、桜の木だということさえ忘れられているのだろう。綾太郎ひとりが立ち止まり、葉の茂った枝を見上げたときだ。

「若旦那、どちらへ」

聞き覚えのある低い声に綾太郎はぎょっとする。恐る恐る振り向けば、怒りをはらんだ表情の余一が立っていた。

「この先は鷹取様の御屋敷だが、いったい何の用で」

「そ、そりゃもちろん、商いさ。鷹取様はお得意様でね」

とりあえずとぼけてみたものの、それで納得する相手ではない。厳しい目を向けたまま、大股《おおまた》でこっちに寄って来る。

「客の屋敷に手代も連れず、手ぶらで行くってんですかい」

「そ、そっちこそ、何だってこんなところにいるんだい。この辺には古着を着るようなお人はいないだろう」

「今朝早く、鷹取様の屋敷を見張ってくれと唐橋花魁から頼まれやした。吉原の男衆がこんなところをうろつけば、目立って仕方がありやせんから」

なるほど、そういうことかと綾太郎は観念した。

紅鶴の道ならぬ恋について知る者は少ないほうがいい。そこで、唐橋は事情を知る余一に見張りを頼んだに違いなかった。

「まったく余計なことを。今さら文の橋渡しなんぞして、殿様に気付かれたらどうするつもりだ」

「だって、かわいそうじゃないか。紅鶴はうちのお玉よりも若いんだよ」

「若いからこそ、すぐ忘れやす」

「何言ってんだい。あの子にとっちゃ一生一度の恋なんだよ」

——女郎の身でありながら、一生一度の恋をすることができたのでありんす。この先どうなろうとも悔いはありんせん。

そう言い切った紅鶴の姿を思い出し、綾太郎は食ってかかる。だが、余一もめずらしく歯を剝《む》き出した。

「そうだとしても忘れるしかねぇ。それが紅鶴のためでさぁ」

勢いに押されて黙り込めば、余一に腕を摑まれた。

「今度のことが楼主に知れたら、昼三から格下の女郎に落とされる。下手をすりゃ、鞍替《くらが》えだってあるかもしれねぇ。それがどういうことだか、わかってやすか」

「え、そりゃあ」

「客にとっちゃ、一度の揚げ代は安いに越したこたぁねぇ。けど、女郎は安くなった分、多くの客を取ることになる。見世での扱いも悪くなり、はるかにみじめな思いをする。挙句、身体を壊して芯《しん》から後悔したときにゃ、何もかも手遅れなんだ」

かすれた声で告げられて、頭を殴られた気分になった。

吉原の年季が明けるのは二十七だと聞いた覚えがある。若く高位の花魁なら身請け話もあるだろうが、安女郎にはそんな幸運も巡って来ない。綾太郎が黙っていたら、余一の手が離れて行った。

「文を渡したが、男はその場で破り捨てた。紅鶴にはそう言ってくだせぇ」

「そんなこと、あたしには言えないよ」

考えが甘かったのは認めるけれど、そこまで傷つけることはできない。綾太郎がかぶりを振ると、「言ってくだせぇ」と重ねて言われた。

「さっさと愛想を尽かしたほうが紅鶴だって楽になる。鷹取の殿様の座敷にだって、また侍《はべ》る気になるはずだ」

「おまえさんの言っていることはもっともだよ。でも、紅鶴の気持ちは」

「甘ったれたことを言っていちゃ、吉原《なか》で生きて行けやせん。紅鶴だって本当はわかっていやす。今は恋の病に侵されているだけだ」

怒ったように言い返されて、綾太郎はうなだれる。ほどなく、目の前に余一の手が突き出された。

「唐橋花魁から紅鶴の文をもらって来いと言われてやすんで」

綾太郎はため息をつき、宛名のない文をその手に載せた。

「紅鶴には明日、若旦那から事の次第を伝えてくだせぇ」

余一は当然のように言うけれど、明日は晦日《みそか》で商家は特に忙しい。

そんな日に吉原へ行ったりしたら、父や奉公人に何と言われるか。綾太郎は渋ったが、余一は許してくれなかった。

「紅鶴がかわいそうだと、若旦那が言ったんですぜ。望みを持たせて待たせた挙句、つらい思いをさせるんですかい」

「わかったよ。明日、行けばいいんだろうっ」

綾太郎は破れかぶれで声を上げた。

六

「大隅屋の若旦那、お待ちしておりやした。花魁がお待ちかねでさ」

晦日の昼前、綾太郎は大門を入ったところで西海屋の男衆に呼び止められた。

昼見世は九ツ（正午）からだし、今日は長居ができない。どうやって紅鶴を呼び出そうかと思っていたため、迎えと知ってほっとする。黙ってついて行ったところ、通されたのは唐橋の座敷だった。

「あやさま、お待ちしておりんした」

しかも、そのそばに余一が控えているのを見て、綾太郎はたちまち不機嫌になる。

「あたしがちゃんと来るかどうか、二人で賭《か》けでもしていたのかい」

「律儀なあやさまのことですもの。わっちも余一さんも来ると信じておりんした。その御礼代わりに、始末の終わった打掛をお見せしようと思ったんざます」

「それって『いろはの打掛』かい」

とっさに身を乗り出しかけて、すぐにいやいやと思い直す。これから紅鶴を傷つけるのに、喜んでいる場合ではない。

「それで紅鶴は」

「さっき呼びに行かせんした。間もなく来るでありんしょう」

唐橋がそう言い終わらぬうちに、「花魁」と声がして襖《ふすま》が開いた。

「紅鶴花魁を連れて来んした」

「ありがとう。呼ぶまでむこうに行っておいで」

「あい」

禿は素直にうなずいて踵を返す。紅鶴は座敷に足を踏み入れ、綾太郎を見て目を見開いた。

「余一さんに頼んだ打掛の始末が終わったので、あやさまもお呼びしたんざます」

「そうでありんすか」

その言葉で文のことはばれていないと思ったのだろう。ほっとしたように微笑む紅鶴を見て、綾太郎は後ろめたくなる。思わず目をそらしたが、唐橋は表情を変えなかった。

「さぁ、余一さん。紅鶴とあやさまに見せてやってくんなまし」

「へえ」

余一はうなずいて、畳の上に置いてあった風呂敷包みを広げる。現われたのは、花尽くしの打掛だった。

「こいつは、すごいね」

あまりの豪華さに圧倒されて、綾太郎は息を呑《の》む。

白地の打掛は色鮮やかな大輪の花の刺繡《ししゅう》で埋め尽くされていた。牡丹《ぼたん》、芍薬《しゃくやく》、菊、椿《つばき》、藤、木蓮《もくれん》、躑躅《つつじ》、菖蒲《あやめ》、水仙、百合《ゆり》、蘭《らん》、蓮《はす》、芙蓉《ふよう》……ざっと見た限り、同じ花は二つとない凝りようで、いくつ花が咲いているのか、にわかに数えられないほどだ。

花の柄は季節を選ぶと言っても、これならいつだって着られるだろう。かかった手間を考えて、綾太郎は気が遠くなる。

「まさしく百花繚乱《ひゃっかりょうらん》だな」

よく見ようと身を乗り出せば、横から余一の声がした。

「さすがは大隅屋の若旦那、こいつぁ百花の打掛でさ。ただし、刺繍されている花は九十九しかありやせんが」

「どうして、そんな半端な数を」

「こいつを着る花魁が最後の一輪ってことらしい」

にやりと笑った余一を見て綾太郎は膝を打つ。

しかし、妖艶《ようえん》な唐橋ならいざ知らず、可憐《かれん》さを残す紅鶴に九十九の豪華な花を従わせることができるだろうか。そう案じた刹那《せつな》、唐橋の言葉を思い出した。

「なるほど、これを着こなすことができれば一人前だと言った意味がわかったよ」

うなずいた綾太郎のすぐそばで紅鶴は青ざめている。今の自分には荷が重いと思ったようだ。

「紅鶴、羽織ってみなんし。ぬしの寸法で縫い直してもらいんした」

「花魁、わっちにはとても」

「そう言わずに。余一さんに無理を言って、急いでもらったんざんすえ」

重ねて言われて断りきれず、紅鶴は恐る恐る袖を通す。だが、本人が危ぶんでいた通り、明らかに打掛に負けている。

「あやさま、いかがでありんしょう」

唐橋と目が合って、綾太郎はためらった。本当は「似合っている」と言ってやりたかったけれど、大隅屋の跡取りとしてきものについて嘘は言えない。ややして、唸《うな》るような声を出した。

「これはもう一度縫い直して、唐橋が着たほうがいいと思う」

「わっちもそう思いんす」

ひょっとしたら、紅鶴は唐橋の打掛など着たくなかったのかもしれない。そそくさと脱ごうとするのを見て、「甘ったれるな」と余一が怒鳴った。

「おめぇはもう振袖新造の小鶴じゃねぇ。吉原の大見世、西海屋の昼三なんだ。見る者の目を奪う女にならなくてどうする」

「余一さん」

「唐橋だって最初《はな》から笑わねぇ西海天女だった訳じゃねぇ。吉原で生きて行くため、おめぇたち妹分を守るために笑わなくなったんだ。花魁のそばにいたくせに、そんなこともわからねぇのか」

思い当たることがあったのか、紅鶴が気まずげに目をそらす。唐橋は大きなため息をついた。

「ぬしがわっちを恨んでいるのは知っておりんす。けんど、不幸になるのがわかっていて、見過ごすことはできんせん」

「あの人への思いを貫けるなら、たとえ不幸になったって」

「唐橋が案じたのは、おめぇの身だけじゃねぇ。おめぇが唐橋の振新だったように、おめぇにも妹分がいるだろう。姉女郎は妹分の面倒を見るのが吉原のしきたりだ。おめぇが鞍替えなんてことになったら、そいつらはどうなる」

言い返そうとする紅鶴を余一が遮った。

「自分はさんざん唐橋の世話になりながら、他人のことは知らん顔か」

容赦なく責められて、十六の娘の目に涙が浮かぶ。綾太郎は黙って見ていることができなくなった。

「何もそこまで言わなくても」

「若旦那だって仲之町の桜を見たはずだ。吉原の女《なか》は今が盛りと咲いていなけりゃ、お払い箱にされちまう。いつまでもぐずっている暇はねぇ」

常になくきついもの言いに綾太郎は面食らいつつ、強引に話を変えようとした。

「そ、それより、この打掛は何だって『いろはの打掛』って言うんだい」

詰まりながらも尋ねれば、唐橋が横目でこっちを見る。そして「わかりんせんか」と綾太郎に聞いた。

「打掛のふきのところを見てみなんし」

ふきとは、きものの裾が傷むのを避けるため、また足にまとわりつくのを防ぐために、裏地を折りかえして綿を入れてあるところである。そこには藤色の地にいろは柄の絹が使われていた。

「ふきにいろは柄が使われているから、『いろはの打掛』かい。どうせなら『百花の打掛』と呼べばいいのに」

この打掛を見た十人が十人、豪華な刺繍に目を奪われてふきの柄など気付くまい。するど、唐橋が昔を懐かしむような遠い目をした。

「その打掛は、初めて余一さんに始末してもらったものざんす」

四年前、唐橋は平昼三として客を取っていた。

禿の頃から吉原にいて、やるべきことはわかっている。それでも、自分の親と変わらない年の男たちに抱かれていれば、夜ごと心が荒《すさ》んで行く。いつしか紅鶴と同じように、惚れてはならない男と深い仲になったという。

「わっちの相手は見世の男衆でありんしたから、楼主の怒りはすさまじくて。あの人は仲間の手で半殺しにされた上、吉原《なか》を追われたんざます」

一方、唐橋はほとんどお咎《とが》めを受けなかった。飛ぶ鳥を落とす勢いの豪商が馴染みの客にいたからだ。この打掛もその豪商から贈られたものだそうだ。

「本気で惚れた男を目の前で痛めつけられて、わっちは楼主を恨みんした。何とか一矢報いてやろうと、もらったばかりの打掛を切り刻もうとしたんざます」

一度も袖を通さぬうちに高価な打掛が駄目になったら、贈った客は怒り狂うに違いない。きっと自分に愛想を尽かし、二度と西海屋に来なくなるだろう。その結果、楼主からどんな折檻《せっかん》を受けようと構うものか。

思いつめた唐橋が打掛に鋏《はさみ》を入れようとしたとき、姉女郎に見つかった。

「花魁はわっちにおっせぇした。掟《おきて》を破っておきながら、楼主を恨むのは筋違い。金払いのいい客の怒りを買えば、他の客も西海屋から遠ざかる。ぬしの勝手な色恋のとばっちりはごめんだと」

「それは、ちょっとあんまりじゃないか」

憤慨する綾太郎に唐橋はかすかに目尻を下げた。

「いいえ、花魁の言ったことはもっともざます。けんど、わっちは聞く気になれず……そうしたら、花魁が言いんした。そこまで覚悟を決めているなら、切り刻むよりいい手がある。余一さんに始末を頼み、別物になった打掛を着て、その客の座敷に出ればいいと」

うまく丸め込まれた唐橋はさっそく余一に始末を頼んだ。そして、始末された打掛を見て、その場で余一に食ってかかった。見る影もなく変わっているはずの打掛は、傍目《はため》には同じだったからだ。

「思えば、あれも春ざました。噛みつくわっちに余一さんが言いんした。花は散ったら次の春まで休めるけれど、吉原《なか》の女はそうもいかねぇ。だから、ふきをいろは柄にしやしたと」

「どういうことだい」

言われたことがよくわからず、綾太郎は眉を寄せる。吉原の女が休めないのはわかるとして、どうしていろは柄が出てくるのか。怪訝な顔をしていると、余一が右手でこめかみをかく。

「本当は経文を書こうとしたんだが」

「そりゃまた何で」

経文がどうしていろは歌になるのか。いや、そもそも百花の打掛に抹香臭いお経なんてもっとも似合わないだろう。

訳がわからないと思っていたら、唐橋が楽しげに目を細めた。

「余一さんはその打掛を喪服にしようとしたんざます」

「馬鹿言っちゃいけない。こんなに派手な喪服があるもんか」

呆れる綾太郎の前で、余一が低い声を出す。

「喪服と言っても人を弔うもんじゃねぇ。恋を弔うためのもんでさ」

吉原の女が男に惚れれば、それは必ず悲恋に終わる。しかも、本気の恋が終わっても嘆き悲しむことさえできない。ならば、美しく着飾る陰でひそかに恋を弔わせてやろう。余一はそう考えたらしい。

「だが、おれは経なんざ知らねぇから、いろは柄にしたんでさ。いろは歌は経の一文を言い換えたものだと、心学の先生に聞いたんで」

ところが、唐橋は諸行無常の歌の意味を自分への嫌味だと勘違いした。余一の本心が通じるまで、派手な言い合いが続いたという。

「挙句、余一さんが言ったんざます。人が散る桜を見て喜ぶのは、また来年咲くことを知っているからだ。吉原の女は男を喜ばせるのが仕事のはず。一度の恋で枯れたりしたら、吉原の女の名折《なか》れだと」

その言葉を聞いたとき、唐橋はひどいことを言うと思ったらしい。

花に心はないけれど、女には心がある。座敷で愛想を振りまきながら、恋を弔うことなどできるものか——涙を流して言い返したら、余一はあっさり言ったそうだ。

「だったら、笑わなくてもいい。弔いで笑う奴はいねぇって」

「それじゃ、西海天女が笑わないのは」

「あい、わっちはそれ以来、座敷で笑わなくなったのでありんす」

笑わない天女が生まれた裏にこんな事情があったとは。綾太郎は大きく目を瞠り、唐橋と余一を交互に見た。

「あのとき、もし怒りにまかせて打掛を切り刻んでいたら……今頃は河岸見世《かしみせ》で客を取っていたかもしれんせん」

唐橋はそう言って、屈託のない笑みを浮かべた。

恨まれるのを承知の上で紅鶴の恋を裂いたのは、かつて自分が誰よりもつらい思いをしたからだ。余一の手助けでそれを乗り越えた花魁は、うなだれる妹分の手を取った。

「せいぜいわっちを恨みなんし。けんど、たった一度の恋で枯れたら、女と生まれた甲斐がありんせん」

「花魁」

「吉原の花なら花らしく、恋心を弔いながら咲き誇って見せなんし。ぬしならできるはずざます」

「……あい」

涙をこぼす紅鶴を見て、綾太郎まで目の奥が熱くなる。思わず目元を押さえたとき、余一にそっと袖を引かれた。

「おれたちはもう用ずみでさ」

「でも」

ためらう綾太郎に余一はうなずく。足音を忍ばせて階段を降り、大きく息を吐き出した。

あの調子なら紅鶴はすぐ「いろはの打掛」を着こなせるようになるだろう。そして、数年後にはまた別の花魁に受け継がれるに違いない。

余一と二人で表に出ると、仲之町の桜もほとんど散りかけていた。

「今年の桜も見納めだね」

「へえ」

「また咲くことを知っているから、散るのを喜ぶことができるか……癪《しゃく》だけど、その通りだよ」

もし二度と咲かないと思っていたら、桜吹雪を笑顔で眺めることはできないだろう。

在原業平が何と言おうと、桜が咲いてこその江戸の春だ。平吉が唐橋にいい加減なことを言えたのも、吉原の女の芯の強さを信じていればこそである。

「吉原の桜は、花が咲く寸前に仲之町に植えられやす。慣れ親しんだ場所から無理やり引き離されたって、見事に花を咲かせるんだ。立派なもんじゃありやせんか」

そう呟く余一の周りを名残の桜吹雪が舞う。綾太郎は絵になる姿をじっと見つめ、わざとらしくため息をつく。

「そこまで女のことがわかっていて、どうしてお糸ちゃんの気持ちだけ蔑《ないがし》ろにするのかねぇ。あたしにはとんと解せないよ」

「……二度と咲かねぇことを知ってやすから」

「え、何だって」

小さな呟きが聞き取れなくて綾太郎が聞き返す。余一はすぐにかぶりを振り、言い直そうとしなかった。

「いいえ、何でもありやせん」

さっきより大きな声で言い、余一は大門に向かって歩き出した。

なみだ縮緬

一

四月一日はあいにくの曇り空だった。

いい天気だった昨日までとは打って変わって、朝から肌寒く感じるほどだ。お糸は口を尖《とが》らせて、自分の着ている綿入れを見た。

着替えるか一瞬迷ったものの、衣替えをした初日から雨に濡《ぬ》れてはたまらない。このまま出かけることにした。

「おとっつぁん、ちょっと余一さんのところへ行ってくるわね」

「野郎のところで長居なんかするんじゃねぇぞ」

「言われなくてもわかっているわよ」

父の清八は、お糸が余一のきものを仕立てていたことを知っている。昨日は余一が留守だったので、渡せなかったということも。お糸は仕立てたきものを風呂敷《ふろしき》に包み、胸にしっかり抱きしめた。

お天道様が見えないと、今何刻《なんどき》かわかりづらい。まだ四ツ（午前十時）前のはずなのに、もう一日が終わったみたいだ。

帰りはともかく、行きは降らないでちょうだいよ——お糸は雲で覆われた暗い空を見上げて呟《つぶや》いた。

おみつから「余一さんのために仕立ててちょうだい」と高価な反物を渡されたのは、春とは名ばかりの一月のことだ。余一はきものの始末を生業《なりわい》としている上に、お糸の裁縫《おはり》の師匠でもある。みっともないものは見せられないと何度も縫い直していたら、いたずらに時がかかってしまった。

——お糸ちゃんが仕立てたきものなら、余一さんだって喜ぶわよ。ね、あたしを助けると思って。

幼馴染《おさななじ》みの口車にまんまと乗せられてしまったけれど、融通の利かない余一のことだ。「勝手なことをするな」とか、「仕立て下ろしなんざ柄じゃねぇ」とそっぽを向かれるかもしれない。

受け取ってもらえなかったら、あたしはどうすればいいんだろう。仕立ててしまった反物は元通りにならないし、おみつちゃんだって困るんじゃないかしら。

道を歩いているうちに、お糸はだんだん不安になる。そして、断られることばかり考えてしまう我が身が情けなくなった。

大丈夫、余一さんは根っこのところが誰よりやさしい人だもの。人が思いを込めたものを邪険に扱ったりしやしないわ。

弱気な自分を叱咤《しった》して、お糸は顔を引き上げる。余一の住む櫓長屋はもうすぐそこだった。

「余一さん、あの、お糸です」

気合を入れて呼びかければ、余一がすぐに腰高障子を開けてくれた。今日はいてくれてよかったと、お糸は胸を撫《な》で下ろす。袷《あわせ》は着られる時期が短いため、早く渡したかったのだ。

とはいえ、三月は忙しく、なかなか仕立てる暇がなかった。余一の顔を間近で見るのは、二人で米沢町の井筒屋に乗り込んだとき以来である。

――殿様たちは通りすがりにたまたま見初めたんじゃねぇ。赤いしごきをもらった娘をわざわざ見に行ったのさ。旦那《だんな》は、金に困っていたり、贅沢《ぜいたく》な暮らしに憧《あこが》れているような娘たちの名と住まいを教えたはずだ。器量のいい素人娘を囲いたがっている連中にな。

余一はむこうの魂胆を見抜いた上で、「瓦版屋《かわらばんや》に売りつける」と若い主人に脅しをかけた。結果、お鉄《てつ》の妾話《めかけ》はご破算になり、惚《ほ》れた娘と所帯を持つことになった伴吉《ともきち》から、「お糸ちゃんのおかげだ」としつこいくらい礼を言われた。

――お礼ならあたしじゃなく、余一さんに言ってちょうだい。

二人のしあわせを喜びつつ余一の住まいを教えれば、生真面目《きまじめ》な職人はいくらもしないうちに戻って来た。

――むこうはむこうで、礼ならお糸ちゃんに言えってんだ。お糸ちゃんに頼まれなければ、余計なことはしなかったって。俺はどっちに礼を言ったらいいんだい。

困った様子の相手を見て、お糸は笑ってしまった。行ったり来たりさせた伴吉には悪いけれど、そんなことを言われればうれしくなるに決まっている。

それ以来、お糸はささやかなうぬぼれを抱いていたのだが。

「何の用だい」

「あの……おみつちゃんに頼まれて……」

眼光鋭く尋ねられ、答えが喉《のど》に引っかかる。愛想がないのはいつものことだが、こっちを見るまなざしがいつになく冷たいのが気になった。

ひょっとして、仕事が立て込んでいるのかしら。ああ、どうしよう。間の悪い時に来ちゃったわ。

お糸は内心うろたえながら、抱えていた風呂敷包みを背中に隠す。不自然な仕草は余一に見咎《みとが》められた。

「何を持って来たんだ」

「こ、これは何でもないの」

「だったら、何をしに来た」

「え、えっと、あら、何だったかしら。うっかり度忘れしちゃったから、出直して来るわね」

こわばった笑みを浮かべてお糸は土間を後ずさる。だが、腰高障子を開ける前に、長い腕が伸びて来て風呂敷包みを奪われた。

「こいつぁ、大隅屋の御新造《ごしんぞ》がおれに寄越したもんだろう。どうして、お糸ちゃんが仕立てることになったんだ」

紺の金通《きんとお》し縞《じま》の紬《つむぎ》に浅葱《あさぎ》の蝙蝠《こうもり》柄の裏――袷のきものをひと目見て、余一はどういいわれのものか、すぐに察しをつけたらしい。驚いたように目を見開かれ、お糸は焦って言い訳する。

「ご、ごめんなさい。でも、あの、受け取ってもらえなくておみつちゃんも困っていたし、余一さんに似合いそうだなって思ったし、他の人が仕立てるのは嫌だったし、あたしが仕立てたものを着てもらえたらうれしいし」

余一は返事もせずにじっと袷を見つめている。お糸もとうとう黙り込み、調子のいい幼馴染みを胸の中で罵《ののし》った。

おみつちゃんの馬鹿。あたしが仕立てたところで、余一さんは喜んでくれないじゃないの。今度会ったら、力一杯文句を言ってやるんだから。

余一さんも不満があるなら、はっきり言えばいいじゃない。黙っていられちゃ、何が気に障ったのかわからないわ。

居たたまれない気持ちで下駄の先を見つめていたら、ようやく余一の声がした。

「ずいぶんうまくなったじゃねぇか。これだけ縫えれば、金をもらったっていいくれえだ」

思いがけなくほめられて、お糸は目を丸くする。「本当に」と念を押せば、相手はしっかりうなずいた。

「ああ、仕立ててくれてありがとうよ」

すんなり受け取ってもらえた挙句、礼まで言われるとは思わなかった。予想外の成り行きにお糸はすっかり舞い上がる。笑みを浮かべて見上げれば、相手はなぜか顔をそむけた。

「だが、こいつで最後にして欲しい」

「もちろんよ。これは、おみつちゃんに反物を渡されたから」

「おれが言っているのはそういうことじゃねぇ。もう二度とここへは来ないでくれと言ってんだ」

早口で言われた言葉の意味がわかった刹那《せつな》、お糸の笑みが凍りつく。

「余一さん、急にどうしたの」

「年頃の娘が男のひとり住まいになんか出入りしちゃならねぇ。そんな暇があるなら、一刻も早くいい亭主を捕まえな」

「だから、どうしてそんなことを」

「おれはお糸ちゃんの思いに応《こた》えられねぇ。これ以上つきまとわれるのは迷惑だ」

こちらから「好きだ」と伝えるたびに、余一は困った顔をした。けれど、ここまではっきりと拒絶されたことはない。立ちすくむお糸に余一は続けた。

「お糸ちゃんも十九になったんだろう。このまま時を無駄にすれば、すぐに年増の仲間入りだ。そんなことになったら、おれがだるまやの親父《おやじ》さんに恨まれる」

「おとっつぁんだって、今は余一さんとのことを反対なんかしてないわ」

「誰に反対されなくても、おれは所帯を持つ気はねぇ。特に、お糸ちゃんとは何があっても絶対に、だ。いい加減、聞き分けてくれ」

この世の誰より見込みはないと言われてしまい、お糸は息をするのを忘れる。

今までさんざんつきまとわれて、余一さんはうんざりしていたんだ。あたしの頼みなら聞いてくれるなんて、思い上がりもいいところだわ。

余一が人を避けるのは、心に傷を負っているからだと思っていた。その傷を癒《いや》してあげたいなんて、ひとりよがりも甚だしい。恥ずかしさと悲しさが一度にまとめて込み上げて、目の奥が熱くなった。

「……長い間つきまとって、ごめんなさい」

今ここで泣いたりしたら、ますます余一に嫌われる。お糸は櫓長屋を飛び出すと、唇を噛《か》み締めて駆け出した。一刻も早く遠ざかりたくて、前も見ないで走り続ける。

そして、むこうから来た通行人と勢いよくぶつかった。

「危ねぇな、気を付けろっ」

「ご、ごめんなさい」

先を急いでいたらしく、怒鳴った相手はすぐに立ち去る。お糸は急に気が抜けてその場を動けなくなった。

しつこく思われて迷惑なら、冷たくしてくれればよかったのに。だるまやの前に赤ん坊が置き去りにされたときは、一緒に親を捜してくれた。普請中の井筒屋で大男に襲われたときだって、身体《からだ》を張って助けてくれた。

普段は無愛想にしていても、余一は必ず助けてくれる。おかげで熱は上がり続け、ひょっとしたら、いつかきっとと儚《はかな》い望みを抱いてしまった。

余一さんのわからずや。女ったらしの薄情者――口には出さずに罵ると、目から涙がこぼれ落ちた。

いい年をした娘が往来で泣けば、何事だろうと思われる。店の常連に見られたら、きっとからかわれるだろう。だが、泣き止《や》まなければと焦るほど、涙がどんどんあふれて来る。

あたしの目のくせに、どうして言うことを聞かないの。こんな顔で帰ったら、おとっつぁんが心配する。

早く止まって。止まれってば。

たまらず顔を覆ったとき、ぽつりと雫《しずく》が頭に落ちた。あっと思った次の瞬間、勢いよく雨が降り出した。

「ちぇっ、とうとう降って来やがった」

「大変、洗濯物を取り込まなくちゃ」

表を歩いていた老若男女が一目散に駆け出して行く。お糸は立ち止まったまま、元から濡れていた顔を上げた。

この天気なら、泣いていたって他人にはわからないだろう。さては、天の神様があたしを憐れんだのかしら。

前方には筋違御門《すじかいごもん》が雨にかすんで見えている。無我夢中で、だるまやとは違う方角に走って来てしまったらしい。八辻原《やつじがはら》を右に曲がれば、古着屋が建ち並ぶ柳原《やなぎわら》だ。今頃は六助《ろくすけ》が悪態をつきながら売り物を片づけているだろう。

せっかくの稼ぎ時を邪魔しやがって。天の神様も気が利かねぇ――罵る声が聞こえる気がして、お糸は濡れながら笑ってしまった。

くだらないことを考えている間にも雨脚は強くなって行く。人通りの消えた薄暗い往来はまるで時が止まったようだ。水を含んだ綿入れは鎧《よろい》のように冷たく重い。

そういえば、今日は雨絣《あめがすり》の綿入れを着ていたっけ。ちょうどお誂《あつら》え向きだったわ。ひとり雨に打たれながら、どうでもいいことを思ったとき、

「そのままでは風邪をひきます」

覚えのない男の声がして、背後から傘を差しかけられた。

こういうことには慣れっこでも、今はさらりと受け流せない。お糸は振り向きもせずに歩き出す。

「平気だから、放《ほう》っておいて」

「とても平気に見えないから、手前は声をかけたんです」

かなりお節介な男なのか、傘を差しかけたまま追って来る。親切ごかしな言動がさされた気持ちを逆撫でした。

「余計な真似《まね》をしないでよっ」

振り向きざまに叫んだとたん、いきなり目の前が暗くなる。まずいと思う間もなく、お糸は気を失った。

二

目を覚ましたとき、お糸は心配そうにこっちを見ている父に気付いた。

見慣れた天井の染みといい、寝ている布団の感触といい、どうやら、ここはだるまやの二階らしい。

あたしはいつ、どうやって、うちに帰って来たんだろう。行灯《あんどん》が灯《とも》っているってことは、もう夜になったのかしら。それとも、雨で暗いとか。

横になったまま考えていたら、父に「この馬鹿野郎っ」と怒鳴られた。

「四月になったからって、雨ん中を傘も差さずにほっつき歩くやつがあるか」

「……ごめんなさい」

かろうじて絞り出した声は情けないほど弱々しい。父は口の端を下げて、お糸の額に手を載せる。

「熱はねぇみてぇだが……天乃屋の若旦那がおめぇを背負って来たときにゃ、何事かと思ったぜ」

「天乃屋の若旦那って、おとっつぁんの知り合いなの」

初めて聞く名を口にされ、お糸はとっさに聞き返す。気を失う前、誰かに声をかけられた。

ひょっとして、あの人がうちに運んでくれたのかしら。父は娘の問いに不思議そうな顔をした。

「若旦那はおめぇの知り合いだろう。自分もびしょ濡れになりながら、気を失ったおめぇを苦労して運んでくれたんだぞ」

「あたしはそんな人、知らないわ」

お糸は困惑し、ふと余一が井筒屋で言っていたことを思い出した。

――殿様たちは通りすがりにたまたま見初めたんじゃねぇ。赤いしごきをもらった娘をわざわざ見に行ったのさ。

赤いしごきをもらったとき、お糸も井筒屋に名や住まいを教えている。天乃屋の若旦那とやらは、あたしを妾にするつもりで後をつけていたのでは――浮かんだ不安を口にすれば、父が鼻を鳴らした。

「失礼な勘繰りをするもんじゃねぇ。女を囲おうとする輩《やから》は、気を失って倒れた娘を家に運んだりするもんか。茶屋の二階に連れ込んで、目を覚ます前に手を出されるのが関の山だ」

言われてみればその通りで、お糸は急に恥ずかしくなる。そういえば、相手も言っていた。

――とても平気に見えないから、手前は声をかけたんです。

下心のある男なら、もっと気の利いた台詞《せりふ》を言うだろう。お糸が反省していると、父は「それにしても」と呟いた。

「むこうは何だっておめぇを知っていたんだか」

父によれば、天乃屋は浅草田原町にある紙問屋だという。そこの若旦那が神田岩本町の一膳飯屋《いちぜんめしや》を知っているとは思えない。

「ねぇ、どんな人だったの」

声をかけられたことは覚えていても、あいにく顔は覚えていない。父は「そうだな」と首をかしげた。

「大店《おおだな》の跡継ぎにしちゃ、腰の低い人だったぜ。おめぇを背負って店に入って来たときもしっかりした足取りだったから、俺はてっきりどこぞの奉公人かと思ったくれぇだ」

乳母日傘《おんばひがさ》の若旦那は非力な者が少なくない。大隅屋の綾太郎なら、お糸を背負って歩くことなどできないだろう。

「明日にでも見舞いに来ると言っていた。ちゃんと礼を言うんだぞ」

「……うん」

一応返事はしたものの、感謝の念は湧《わ》かなかった。

頭では助けられたとわかっていても、気味の悪さは拭《ぬぐ》いきれない。眉《まゆ》をひそめるお糸に父が顔を近づける。

「それで、余一のところで何があった。おめぇは野郎のきものを届けに行ったんじゃなかったのか」

「べ、別に何もありゃしないわ。きものはちゃんと渡したもの。いきなり雨が降って来て、具合が悪くなっただけよ」

適当にごまかそうとしたところ、父の顔が険しくなる。

「この俺がそんな話を鵜呑《うの》みにすると思ってんのか。親を見くびるのもたいがいにしやがれ」

怒りも露《あら》わに詰め寄られ、お糸は布団を鼻の下まで引き上げる。子供っぽいしぐさに呆《あき》れたのか、父は額を押さえた。

「勘違いすんな。俺は余一を怒ってんだ。おめぇにじゃねぇ」

「おとっつぁん」

「たまたま通りがかった天乃屋の若旦那が助けてくれなかったら、どうなっていたと思う。気を失ったまま冷たい雨に打たれ続け、下手をすりゃ死んでいたかもしれねぇんだぞ」

薄暗い部屋のせいではなく、父は顔色が悪かった。娘が目を覚ますまで気が気ではなかったに違いない。お糸はようやく見ず知らずの若旦那に感謝した。

自分にもしものことがあれば、父がどれほど悲しむか。余一に振られたからと言って、やけを起こしていいはずがない。

「おとっつぁん、ごめんなさい」

「だから、俺はおめぇを怒ってんじゃねぇと言ってんだろう」

「でも、余一さんは本当に悪くないの。迷惑がられているのに、しつこくつきまとったあたしが悪いんだもの」

「……どういうことだ」

「もう二度と来るなって……早くいい亭主を捕まえろって言われたわ」

震える声で続ければ、「あの野郎」と父が唸《うな》る。お糸は泣き出したりしないように両の目を見開いた。

「もっと早く、おとっつぁんの言うことを聞いておけばよかったわね」

「お糸」

「せっかく許してもらっても、余一さんにその気がないんだもの。どうしようもないわ」

こわばる口元を布団から出して、お糸は笑みを浮かべようとする。父は痛ましいものを見るように顔をしかめた。

「この馬鹿、無理に笑うんじゃねぇ」

「そんなこと」

「親の前でやせ我慢なんざするんじゃねぇ。泣きたけりゃ、泣けばいいだろう」

荒れた指で目尻《めじり》を拭《ふ》かれ、泣いていることに気が付いた。さっき、さんざん泣いたから、もう大丈夫だと思ったのに。

「いいか、お糸。おめぇは俺の自慢の娘だ。ちょいとばかり口うるさくて気が強ぇが、おくにによく似た器量よしで人一倍働き者だ。おまけに性根がまっすぐで曲がったことが嫌いと来てる」

「…………」

「そんな娘を袖《そで》にする見る目のねぇ男なんざ、一晩寝て忘れちまいな」

ぽんぽんと布団を叩《たた》かれて、お糸はうなずく。そして、立ち上がった父の後ろ姿に呼びかけた。

「あたし、おとっつぁんの娘でよかったわ」

「ふん、今さら何を言ってやがる」

続いて静かに襖《ふすま》が閉められ、お糸はゆっくり目を閉じる。できれば、余一の夢は見たくなかった。

昨夜の冷たい雨が嘘《うそ》のように、翌日はいい天気だった。お糸は暁七ツ（午前四時）過ぎから起き出して、今年初めて袷を着た。綿入れは温かいけれど、厚みがあるため動きづらい。

やっぱり袷は軽くていいわ。余一さんもあたしが縫った袷を着てくれればいいけれど。うっかりそんなことまで考え、次の瞬間、苦笑した。

振った娘の仕立てたきものを進んで着たがる男はいない。古着屋の六助に見つけられ、売られてしまうのが関の山だ。おみつには余一に渡したとだけ伝えておけばいいだろう。

にわかに空しくなりかけて、こんなことではいけないと両手で頬《ほお》を二度叩く。それから、勢いよく階段を降りた。

「おい、無理に起きなくたっていいんだぞ」

「平気よ。布団の中でじっとしていると、かえって気が滅入るもの」

身体は少々重いものの、動いていたほうが気はまぎれる。お糸はことさら気合を入れてきびきび働いた。

「ねぇ、おとっつぁん。天乃屋の若旦那のきものは洗うだけでいいのかしら」

びしょ濡れだったという恩人は父のきものを借りて帰ったそうだ。残された紬の綿入れを見て、お糸は眉間《みけん》にしわを寄せる。

　綿入れは当分着ないだろうから、洗い張りをしたほうがいいかもしれない。だが、お糸は洗い張りが苦手な上に、絹と木綿では扱いが違う。ためらいがちに尋ねれば、父も束《つか》の間《ま》考え込む
「そうだな。本当は解いて伸子《しんし》張《ば》りをしたほうがいいんだろうが、しくじったら元も子もねぇからなぁ」

　こんなとき、余一さんに頼めたら——またもや浮かんだ考えをお糸は急いで打ち消した。

　そうやって頼ってばかりいるから、愛想を尽かされたんじゃないの。もっとしっかりしなくてはと、改めて自分に言い聞かせる。

　そして、慌ただしい昼が過ぎ、客のいなくなっただるまやに身なりのいい若い男がやって来た。

「お糸さん、働いて大丈夫なんですか」

　いきなり心配そうな顔をされ、お糸は目をしばたたく。そこへ父がやって来て、

「昨日はありがとうございました」と頭を下げた。

「おい、何をぼんやり突っ立っているんだ。こちらがおめぇを助けてくれた天乃屋の

若旦那じゃねぇか」

「あ、あの、どうもありがとうございました」

慌ててお糸が頭を下げると、相手は「いいえ」と微笑《ほほえ》んだ。

「礼を言うには及びません。それより、身体は平気ですか」

「はい、おかげさまで。あたしは丈夫なのが取柄なんです。若旦那こそ、風邪をひいたりしませんでしたか」

「手前も丈夫なのが取柄なんです。心配してくださって、ありがとうございます」

こっちが迷惑をかけたのだから、気にするのは当然だろう。やけにうれしそうな相手の顔をお糸は食い入るように見つめてしまった。

父が言っていた通り、大店の跡継ぎにしては身体つきががっしりしている。年は余一より若いだろうか。やさしそうな顔立ちの割に眉が太く、右の眉尻の黒子《ほくろ》が目を惹《ひ》いた。

しかし、何度見直してもこの顔に覚えはない。お糸はどうしても聞かずにいられなかった。

「あの、若旦那はどうしてあたしがだるまやの娘だってご存じだったんでしょう。どこかでお会いしましたか」

単刀直入な問いかけに相手はなぜか破顔する。

「では、改めて名乗らせていただきます。手前は浅草田原町の紙問屋、天乃屋の倅《せがれ》で礼治郎と申します。十三から去年の暮れまで須田町の紙問屋、美濃屋で奉公しておりましたので、だるまやの看板娘はよく存じております」

「あら、そうだったんですか」

恥ずかしながら、器量よしのだるまやの娘はこの界隈《かいわい》で有名だ。神田須田町で奉公をしていた男なら、お糸を知っていてもおかしくない。

そういえば、昨日倒れた場所も須田町だった気がする。礼治郎は美濃屋に顔を出した帰りに自分を見つけたのだろう。お糸は半ば安心しつつ、念押しのつもりで聞いた。

「あの、若旦那にお嫁さんは」

「おりません。手前はまだ独り者です」

大店の跡継ぎが嫁をもらうより先に妾を囲うことはないはずだ。井筒屋とは関《かか》わりがないとわかり、お糸の肩から力が抜ける。

「だったら、筋違いなやきもちを妬《や》かれる恐れはありませんね」

「はい。それにお糸さんとの仲を疑われるなら、手前は本望です」

にっこり笑って返されて、お糸の口元が引きつった。

ひょっとしたら、見かけによらず遊んでいるのかしら。父も同じことを思ったらしく、「やめてくだせぇ」と口を挟む。

「若旦那とうちの娘じゃとんと身分が釣り合わねぇ。からかわねぇでくだせぇよ」

「からかってなどおりません。手前はずっと前からお糸さんに惚れておりました。お糸さんさえ承知なら、嫁に欲しいと思っております」

「ですから、そういう冗談は」

「手前は本気です」

礼治郎は真顔になって父の言葉を遮る。

初めて言葉を交わした相手からそんなことを言われるとは。お糸が呆然《ぼうぜん》としていると、父が苛立《いらだ》たしげに身体を揺すった。

「どうやら、店先でするような話じゃなさそうだ。若旦那、どうぞ二階に上がってくだせぇ」

初めからそのつもりだと言いたげに、礼治郎はうなずいた。

三

お茶を淹《い》れて二階に上がると、襖ごしに声がした。

「それじゃ、若旦那は本気でお糸を嫁に欲しいってんですか」

「はい、お糸さんさえよろしければ」

本人のいないところで勝手に話を進めないで欲しい。お糸は顔をしかめると、勢いよく襖を開けた。

「そんなの無理です。あたしに紙問屋の御新造なんて務まりっこありません」

若旦那の妾はもちろん、嫁にだってなる気はない。無作法を承知で割って入れば、父も渋い顔でうなずいた。

「うちのお糸は器量よしでも、行儀作法はからっきしだ。こいつが十歳《とお》のときに母親が死んじまったんでね」

そういう言われ方は癪《しやく》だったが、ここで逆らっても仕方がない。ひとまずお茶を勧めれば、礼治郎が頭を下げる。

「それからずっと店の手伝いと掃除洗濯に明け暮れて、娘らしい習い事なんぞ何ひとつさせてやれなかった。若旦那はよくたって、天乃屋の旦那は承知なさらねぇでしょう」

「いいえ、父は反対いたしません。お糸さんの人となりを知れば、必ず喜んでくれるはずです」

「そんな馬鹿な」

「手前の母だって小さな筆屋の娘でした。父は『釣り合いが取れない』と言い張る母を五年かけて口説き落としたと聞いております。おかげで祝言を挙げたとき、母は二十五になっておりました」

天乃屋には初代の定めた家訓があり、そのうちのひとつが「店が傾いたとき、一緒に苦労をしてくれる嫁を娶《めと》れ」というものだそうだ。誰と一緒になるかは、跡継ぎ自身が決めるとか。

「ですから、お糸さんさえその気なら」

「申し訳ありませんが、あたしはその気になれませんので」

助けてもらったことは感謝しているが、一緒になりたいとは思わない。お糸がきっぱり断ると、礼治郎が苦笑した。

「やっぱり、まだ余一さんが好きですか」

まさか、そこまで知られているとは思わなかった。言葉を失ったお糸に代わり、父が険しい顔で聞く。

「若旦那、どうしてそいつをご存じで」

「だるまやの常連なら、知っていてもおかしくないでしょう」

「だが、若旦那はうちの店に来なすったこたぁねぇはずだ」

「店に入らなくても、店の前を通れば話は自ずと聞こえます」

奉公人は三度の食事を奉公先で摂《と》る。礼治郎はだるまやで飯を食ったことこそないけれど、たびたび店の前は通っていたらしい。そして、お糸には好きな男がいること、その男の名が余一ということを知ったそうだ。

「ならば、手前に望みはないと諦《あきら》めておりました。ですが昨日、雨の中で気を失ったお糸さんを見て、思いを打ち明ける気になったんです」

「どうしてですか」

余一にこっぴどく振られたことを礼治郎は知らないはずだ。硬い声で尋ねれば、相手はなぜかため息をつく。

「好きな人がつらい思いをしていたら、黙って諦めることなどできません」

「妙な勘繰りはやめてください。あたしはつらい思いなんてしていませんから」

父は渋い顔をしているが、ここでうなずく訳にはいかない。言い返したお糸を礼治郎がじっと見つめる。

「お糸さんは手前の背中で、悲しげに余一さんの名を呼んでいました。それでも、つらくないと言うんですか」

「若旦那には関係ないでしょうっ」

とっさに甲高い声をぶつけて、己の行いを後悔した。

思う人から思われないつらさはよく知っている。その上、恩人に八つ当たりをするなんて、礼儀知らずにもほどがある。

謝るべきだと思ったけれど、口から言葉が出て来ない。気まずい思いで目をそらせば、父が代わって頭を下げた。

「若旦那、申し訳ありやせん。助けてもらったってぇのに、うちの娘は失礼なことばかり言いやして」

「いいえ、よく知らない男からこんなことを言われれば、不愉快に思われて当然です。もっと日を置くべきでした」

ひたすらものわかりのいい相手に父は感心したようだ。めずらしいものを見るような目を礼治郎に向ける。

「にしたって、よくぞそこまで惚れ込みなすったもんだねぇ。見た目が気に入った程度なら、とうに愛想が尽きたでしょうに」

「手前は天乃屋の跡継ぎです。苦労を共にする連れ合いを見た目で選ぶはずがございません」

「だが、お糸とは口も利いたことがねぇんでしょう」

「言葉を交わしたことはなくても、お糸さんのまっすぐな気性は九年前から知っております」

「それはどういうことでしょう」

九年前と言えば、お糸は母を亡くした十歳の子供である。面食らうお糸に礼治郎は目を細めた。

「手前は十四のとき、お糸さんに助けられたんです」

「助けるなんて……あたしは何をしたんですか」

「その話はまた改めてさせていただきます。今日はお糸さんの様子を見に来ただけですから、これで失礼いたしましょう」

礼治郎は意味ありげに微笑んで、冷めたお茶を素早く飲み干す。そして、「お邪魔しました」と頭を下げて、足取りも軽く出て行った。

四

四月の江戸っ子の楽しみは、何と言っても初鰹《はつがつお》だ。運よくありつけた連中はここぞとばかりに吹聴しまくり、金のない連中を悔しがらせる。貧乏人相手のだるまやでは、話の肴《さかな》で走りのこの時期、鰹は一尾で一両を超える。貧乏人相手のだるまやでは、話の肴で出るだけだった。

「角の伊勢屋《いせや》の隠居に初鰹を食ったと自慢されたぜ」

「ふん、初物を食って寿命を延ばそうってんだろう。還暦を過ぎたってぇのに、意地汚ぇこった」

「隠居は歯が悪くて何でもすり潰《つぶ》して食うからな。本当に初鰹かどうか、わかったもんじゃねぇ」

「なあ、お糸ちゃん。だるまやでも鰹を出してくれよ。代わり映えのしねぇ煮しめは飽き飽きだ」

「文句があるなら、別の店に行けばいいでしょう」

他愛もない客の軽口にお糸が目をつり上げる。客商売とは思えぬ態度に言った男はたじろいだ。

「そんなに怒ることたぁねぇじゃねぇか」

「お糸ちゃんはこのところ機嫌が悪い。下手にちょっかいを出すんじゃねぇよ」

不満そうな客の連れがすかさず小声で耳打ちする。お糸が聞こえぬふりで膳を片づけていたら、「それで、近頃は六さんを見ねぇのか」と客のひとりが言い出した。

「機嫌の悪いお糸ちゃんに溜《た》まったツケを取り立てられるのが怖いんだろう」

「親父さんと違って、お糸ちゃんは容赦がねぇからな」

いつもなら、「人聞きの悪いことを言わないで」と口を挟むところである。だが、お糸は黙って膳を抱え、調理場に引っ込んだ。

天乃屋の礼治郎が店に来てから今日で三日になるけれど、その後は何の音沙汰《おとさた》もない。「その話はまた改めて」なんて、どうやら口先だけだったようだ。

下手にしつこくされても困るもの。冗談だったら、好都合だわ。お糸は自分に言い聞かせたが、本音は気になって仕方がない。

――手前は十四のとき、お糸さんに助けられたんです。

まさか、礼治郎はそれからずっと自分を思っていたと言うのか。いや、いくら何でもそれはなかろう。

我知らず「馬鹿馬鹿しい」と呟いたとき、客の減り出した店内におみつが勢いよく駆け込んできた。

「お糸ちゃん、天乃屋の若旦那と一緒になるのっ」

こっちが「いらっしゃい」と言う前に叫ばれて、お糸はぽかんと相手を見る。たちまち、店の中は蜂《はち》の巣をつついたような騒ぎになった。

「とっつぁん、そいつは本当かよ」

「天乃屋の若旦那ってなぁ、どこのどいつだ」

「冗談じゃねぇ。俺は認めねぇぞ」

「おめぇがとやかく言えた義理か」

「お糸ちゃん、嘘だよな。嘘だと言ってくれ」

「畜生っ、こうなりゃ飲んでやる。おい、酒だ。酒をくれ」

男たちの声が飛び交う中、父が「うるせぇっ」と一喝した。そして、黙った客たちを見回しておもむろに腕を組む。

「うちの娘はもう十九だ。嫁に行っても不思議はねぇだろう」

「そ、それじゃ、やっぱり」

「だが、天乃屋の若旦那と一緒になるとは初耳だ。おみつちゃん、その話を誰から聞いた」

店中の客に見つめられ、おみつがごくりと唾《つば》を呑《の》む。お糸は急いで幼馴染みの手を取った。

「おみつちゃん、二階で話しましょう。おとっつぁん、洗い物は後でするから」

「ああ、そうだな」

客から不満の声が上がったけれど、お糸はおみつと共に二階に上がった。

「人前でああいうことは言わないでよ」

ため息まじりに呟けば、さすがに悪いと思ったらしい。幼馴染みが「ごめんなさい」と謝った。

「ところで、どうして天乃屋の若旦那とあたしが一緒になるなんて思ったの」

「それじゃ、お糸ちゃんにその気はないのね」

おみつはこちらの問いに答えないで、真剣な顔で念を押す。お糸は「当たり前でしょ」と手を振った。

「あたしが紙問屋の御新造さんになれる訳ないじゃない」

「でも、天乃屋さんでは嫁の家柄は問われないんでしょう。うちのお嬢さんがそう言っていたわ」

では、噂の火元は大隅屋の若御新造、お玉なのか。そういえば、お玉の実家の桐屋は天乃屋と同業だ。礼治郎を知っていてもおかしくない。

しかし、それくらいのことで「お糸が礼治郎と一緒になる」と勘違いするだろうか。お糸がじっと見つめていたら、おみつは落ち着かなげに身じろぎした。

「今日、天乃屋の若旦那が大隅屋に来て、『余一さんに始末してもらいたいきものがあるから、案内してくれ』って頼まれたのよ」

おみつは礼治郎と会ったことがあり、そのときに余一の話も出たらしい。お糸は幼馴染みに詰め寄った。

「それで、おみつちゃんはどうしたの」

「天乃屋の若旦那はうちのお嬢さんの幼馴染みなのよ。お嬢さんからも頼まれたら、とても嫌とは言えないわ」

礼治郎を櫓長屋に案内した帰りにここへ立ち寄ったと教えられ、お糸の顔から血の気が引く。

「……若旦那は、余一さんにどんな始末を頼んだの」

大店の跡継ぎなら、いくらでも新しいきものを誂えることができるはずだ。余一に始末を頼むなんて、会うための口実に決まっている。こちらの剣幕に怯《ひる》んだのか、おみつは言いにくそうに言った。

「母親の着ていた振袖《ふりそで》をお糸ちゃんのために始末して欲しいって」

それは天乃屋の御新造が結納の際に着たものだそうで、余一ばかりか横で聞いていたおみつも驚いたという。

「だから、あたしは縁談が進んでいるんだと思って……お糸ちゃんはまだ承知していなかったのね」

承知も何も、それらしいことを言われたときに「その気はない」と断っている。にもかかわらず、余一にそんな始末を頼むなんて何を考えているのだろう。お糸は怒りに震えつつ、大事なことをおみつに聞いた。

「余一さんは、もちろん断ってくれたわよね。始末をしたってあたしが受け取らないことはわかっているはずだもの」

お糸が誰を思っているか、余一が一番よく知っている。おまけに余一は金持ちが嫌いで、大隅屋の御新造に頼まれた始末だって引き受けなかった。縁もゆかりもない礼治郎の始末など、その場で断ったに決まっている。

ところが、おみつは目をそらした。

「……天乃屋の若旦那は、本当にお糸ちゃんが好きみたいよ」

「おみつちゃん、どうしてそんなことを」

「九年も前からお糸ちゃんを知っていたんですって。思いの丈を聞かされて、余一さんは始末を引き受けたわ」

お糸はそれ以上聞いていられず、ひとりで店を飛び出した。

五

「あたしは天乃屋の若旦那と一緒になる気なんてないわ。余一さん、すぐに仕事を断ってちょうだい」

櫓長屋まで一度も休まずに駆けて来たので、息は上がるし、髪もほつれている。だが、お糸は誤解を解きたい一心で、障子を開けるなり言い放つ。

なりふり構わぬこっちの姿に余一は驚いたようだけれど、返事はいつも通りつれなかった。

「ここへはもう来ねぇでくれと言ったはずだ」

「余一さん」

「それに、おれが誰の仕事を引き受けようと、とやかく言われる筋合いはねぇ。仕事の邪魔だ。帰ってくれ」

その口ぶりがあまりにもそっけなくて、お糸は思わずむきになる。

「言っときますけど、あたしは余一さんが始末した振袖なんて受け取りませんからね。わざわざ手をかけるだけ無駄なんだから」

涙をこらえて余一を睨《にら》み、話はすんだと踵《きびす》を返す。すると、いきなり手を摑《つか》まれた。

「おれが始末したきものは受け取れねぇってことか。だったら、何もしねぇで若旦那に返すから」

お糸は「何があっても、礼治郎から振袖をもらう気はない」と言ったつもりだったのだが、相手は「余一の始末したきものは受け取らない」という意味に取ったらしい。お糸は手を摑まれたまま、余一の顔をじっと見つめた。

「あたしは若旦那のお嫁さんになるつもりはないんだもの。余一さんが何をしようと、無駄ってことよ」

四年も思い続けた人にこんなことを言わなければならないなんて。お糸は自分が情けなくなり、下を向いて洟《はな》をすする。摑まれた腕を引き寄せれば、余一は思い出したように手を放した。

「そう嫌わなくてもいいだろう。あの若旦那は心底お糸ちゃんに惚れているぜ」

「余一さんが、それをあたしに言うの」

聞き返した声はみっともなく震えていた。

あたしだって心底余一さんに惚れていたわ。それを「迷惑だ」と切り捨てておきながら、若旦那には肩入れするのね――口に出せない恨み言を胸の中で呟けば、とうとう涙がしたたり落ちる。

さすがに後ろめたいのか、余一も顔をそむけて話を続けた。

「おれがとやかく言えた義理じゃねぇことはわかっている。だが、お糸ちゃんには悪い話じゃねぇと思うから」

「どうして、放っておいてくれないの。嫁に行かなくたって、もうつきまとったりしないから安心してちょうだい」

「別にそういうつもりじゃ」

「だったら、どういうつもりよ」

泣き顔を見られるのも構わずに、お糸は顔を上げて余一を睨む。余一はややして、何かを押し殺すような声を出した。

「おれは、お糸ちゃんにしあわせになって欲しいだけだ」

この期に及んで、どうしてそういうことを言うのだろう。あたしを誰より傷つけて、不幸にしているのは余一さんじゃないの。

お糸は我慢できなくなり、櫓長屋を逃げ出した。脇目もふらずに走り続け、気が付けば柳原の土手に立っていた。

お天道様の高さからして、今は八ツ半（午後三時）くらいだろうか。眩《まぶ》しい日差しは神田川と柳の緑を照らしている。川面《かわも》を渡る風はさわやかで、一年の内でも特にすがすがしい時期である。

けれど、その陽気のよさがますますお糸をみじめにする。いっそ、またどしゃ降りになればいいと思っていたら、

「お糸ちゃんじゃねぇか。べそなんかかいて、どうしたんだい」

古着屋の六助に呼び止められて、お糸はたちまち逃げ出したくなる。何も考えずに柳原に来たことを今さらながら後悔した。

「せっかくのべっぴんが台無しじゃねぇか。ひょっとして、余一と何かあったのか」

床見世の周りに客はおらず、暇を持て余していたのだろう。六助は立ち上がって寄って来た。

どうして、放っておいてくれないの。今は誰にも会いたくないし、口も利きたくないってのに。お糸はすぐそばの柳の下にしゃがみ込み、涙に濡れた顔を隠す。六助も

隣にしゃがみ込み、心配そうな声で聞く。

「おい、どうした。井筒屋絡みで何かあったのか」

なぜ、井筒屋の名が真っ先に出るのだろう。お糸は訝《いぶか》しく思いつつ、首を左右に激しく振った。

「井筒屋なんて関係ないわ。あたしが余一さんに嫌われただけよ」

「馬鹿言うな。余一に限って、お糸ちゃんを嫌う訳がねぇ」

「そっちこそ、下手な慰めを言わないでよ。あたしは面と向かって、余一さんに言われたんだから。何があっても絶対に、あたしと所帯を持つ気はないって」

洟をすすりながら訴えると、六助がしかめっ面で柳を叩く。お糸はふと、こんなことが前にもあったと思い出した。

「去年、六さんから言われたわよね。余一さんは誰かと所帯を持つなんて考えられる男じゃないって」

あのとき、あたしは何と言い返したっけ。そんなことを考えると、ますます涙があふれてくる。

「きっと、罰が当たったんだわ」

涙を拭きつつ呟けば、六助が怪訝《けげん》な顔をする。いきなり何を言い出すのかと思っているのだろう。

「誰に思いを寄せられても、まるで相手にしなかったもの。そのくせ、自分の思いは報われると信じていたんだから、調子がいいわよね」

「お糸ちゃん」

「他人の思いを蔑《ないがし》ろにすれば、自分も蔑ろにされるに決まっている。だから、仕方がないんだわ」

自分自身に言い聞かせていたら、六助に背中をさすられた。

「そいつぁ、違う。お糸ちゃんは罰が当たるようなことはしちゃいねぇって。余一だってお糸ちゃんのことを」

「六さん、もういいの」

その場しのぎの慰めは聞きたくなくて、お糸は言葉を遮った。

人の心は思い通りに行かないものだ。余一が「迷惑だ」と言うのなら、諦めるしかないのだろう。

だが、これ幸いと礼治郎に押し付けられてはたまらない。惚れた弱みがなくなった今、残されたのは意地だけだ。

「あたし、今から天乃屋に行って来るわ」

勢いよく立ち上がれば、六助は目を白黒させる。「何だい、天乃屋ってのは」と聞かれたので、これまでのいきさつを教えたところ、

「余一の野郎、何を考えていやがる。お糸ちゃんも、お糸ちゃんだぜ。天乃屋まで何をしに行くつもりだ」

怒り出した古着屋にお糸はきっぱり言い切った。

「決まっているでしょ。振袖なんか受け取れないって断りに行くのよ」

父にはすまないけれど、あんな騒ぎのあった後で店に出たくなかったし、一刻も早くこの話にけりをつけたかった。

「だったら、俺も一緒に行くぜ。お糸ちゃんがひとりで乗り込んだ挙句、丸め込まれたら大変だ」

「あたしなら大丈夫よ。六さんは商いの途中でしょ」

お糸は断ったが、六助は聞く耳を持たなかった。

「いいや、絶対について行く。まったく、余一もお糸ちゃんも危なっかしくて見ちゃいられねぇ」

いつもいい加減な相手の噛みつかんばかりの剣幕に、お糸はそれ以上駄目だと言えなくなってしまった。

六

天乃屋のある田原町は浅草寺の門前に位置している。お糸と六助が店の前に着いたのは、じきに七ツ（午後四時）という頃だった。

見物客のいない大道芸人は見世仕舞いを始めている。天乃屋は問屋だから、人の出入りが限られているのだろう。店の戸はきっちり閉じられていた。

勢いでここまで来たけれど、どうやって若旦那を呼び出そう。裏に回ったほうがいいかしら。

間口の大きな店の前でお糸がとまどっていたところ、六助が構わず戸を叩く。

「若旦那、愛しのお糸ちゃんがわざわざ会いに来てやったぜ。さっさとここを開けてくんな」

「ちょっと、六さん。何をするのよ」

お糸が慌てて止めようとすれば、六助にじろりと睨まれる。

「さっさと断って帰らねぇと、おとっつぁんが心配する。それとも、若旦那に嫌われたくねぇのかい」

「それとこれとは話が別よ。あたしは喧嘩《けんか》をしに来た訳じゃないんだから」

二人で言い合っていたら戸が開いて、はしっこそうな小僧が顔を出した。

「あの、何かご用でしょうか」

「おう、若旦那を出してくんな。お糸ちゃんが会いに来たと伝えてもらえば、すっ飛んで来るはずだ」

「六さん、そういう言い方はやめてちょうだい」

「はい、少々お待ちください」

小僧はちらりとお糸を見てから、足取りも軽く奥へと向かう。そして、すぐに礼治郎を連れて戻って来た。

「おや、本当にお糸さんだ。良作《りょうさく》、疑って悪かったね」

「まったくです。手前は坊主の頭と嘘はゆったことがないんですよ」

「はいはい、わかったよ。お糸さん、どうぞお入りください。よろしかったら、そちらの方も」

どうやら、礼治郎は小僧の言うことを信じていなかったらしい。目を瞠った若旦那に小僧は口を尖らせる。お糸は中に入ろうとする六助の袖を引っ張った。

「いえ、急いでいるのでけっこうです。すぐにすむ話ですし」

「それではこちらが困ります。うっかり他人に聞かれたら、手前が恥をかく話なのでしょう」

そう言われると逆らえず、お糸は渋々中に入る。六助も当然のごとく後に続いた。

「ひょっとして、余一さんから振袖のことを聞かれましたか」

相手の言葉にうなずいてから、お糸はぐるりと四方を見る。

通された座敷には立派な床の間があった。飾られている水墨画の掛け軸は、恐らく値の張る物だろう。柱は太くて艶《つや》があり、掃除だって行き届いている。

こんなところの御新造なんて、あたしにはとても務まらない。お糸は改めてそう思い、膝《ひざ》の上でこぶしを握った。

「せっかくですけど、あたしは若旦那と一緒になれません。余一さんに始末をしてもらわなくてもけっこうです」

「ですが、もう頼んでしまいました。お糸さんのためにどんな始末をしてくれるか、見てみたいと思いませんか」

「お糸ちゃんは余一のことを四年も思い続けてんだ。昨日今日、出て来た男が余計な真似をするんじゃねぇよ」

動じない礼治郎に焦れたのか、横から六助が文句を言う。すると、今気が付いたと言いたげに若旦那は頭を下げた。

「これは失礼をいたしました。手前は天乃屋の倅で礼治郎と申しますが、何とおっしゃる方でしょうか」

「お、俺は柳原の古着屋で六助ってんだ。だるまやの常連で、余一とは昔からの付き合いよ」

いささか間の抜けたやり取りだが、礼治郎は「なるほど」とうなずいた。

「それで、お糸さんについていらした訳ですか。しかし、相手を思っていた長さでしたら、手前のほうに分があります。何しろ九年ごしですから」

「ふざけたことを抜かすんじゃねぇ。九年前と言や、お糸ちゃんはまだ子供だぞ」

「はい、手前は十歳のお糸さんに助けられ、それからずっと陰ながら見ておりました。ですから、お糸さんに好きな男ができたこともすぐにわかったんです」

「あの、あたしは本当に九年前、若旦那と会っているんですか。何も覚えていないんですけど」

おずおずと尋ねれば、礼治郎は顎《あご》を引く。

「覚えていなくて当たり前です。お糸さんにしてみれば、拾った財布を届けただけのことですし」

「ただ、それだけでずっとあたしを」

「はい、おかげで番頭さんにこっぴどく怒られましたので」

お糸が財布を拾って届けたことがあったとして、どうして番頭が礼治郎を叱《しか》るのか。六助も意味がわからないのか、ぽかんと口を開けている。礼治郎はとまどう二人を見て、楽しそうに目を細めた。

九年前、美濃屋に奉公して二年目の礼治郎は真面目な小僧とは言えなかった。建前としては他の小僧と同じように扱われていても、天乃屋の跡継ぎであることは、美濃屋の奉公人だって承知している。主人や番頭はともかく、手代や小僧は何かと礼治郎に気を遣う。

周囲の特別扱いにまだ子供だった礼治郎は調子に乗った。面倒な仕事は他の小僧に押し付け、隠し持った小遣いで買い食いをしたりしていたという。

暮れのその日も、礼治郎は番頭の目を盗んで茶店に行った。小半刻（約三十分）ほどしてそろそろまずいだろうと美濃屋に戻る途中、後ろから「すみません」と呼び止められた。

しかし、礼治郎は聞こえないふりで先を急いだ。ここで時を無駄にして、自分が店にいないことが番頭にばれたら大変だ。そして、裏から店に入って蔵の掃除を始めたところへ、ちょうど番頭がやって来た。

「この忙しいのにどこへ行っていたと聞かれましたので、『どこにも行っておりません。ずっと蔵の掃除をしておりました』と嘘をつきました。そうしたら、目の前に手前の財布を突きつけられたのです。たった今、女の子が届けに来たと」

慌てた礼治郎は「自分のものではない」と言い逃れたが、番頭はごまかされてくれなかった。

「その女の子は、『右の眉尻に黒子があるお兄さんが茶店の前で落とした』と言ったそうで……もはや、ぐうの音も出ませんでした」

元々番頭は、実家の威光を笠《かさ》に着て怠けてばかりいる小僧を苦々しく思っていたらしい。財布はそのまま取り上げられ、「今度こんなことがあったら、天乃屋さんに知らせます」と釘を刺されたとか。

「最後に、財布を届けてくれたのは岩本町の一膳飯屋、だるまやの子だから、礼を言っておきなさいと言われたんです。でないと、恥の上塗りだと」

その刹那、番頭に対する不当な怒りは財布を届けた女の子へと向きを変えた。

礼治郎がよく行く茶店は美濃屋から少し離れている。わざわざ後を追ったりせずに、ねこばばしてくれればよかったのだ。

誰が礼など言うものか。むしろ文句を言ってやる——子供っぽい逆恨みを胸に秘め、翌日、だるまやへ向かったという。

「誰が財布を届けてくれたか、店に入ってすぐにわかりました。膳を片手で持てないような女の子がひとりで手伝いをしていましたから」

一度にひとつの膳しか運べなければ、嫌でも運ぶ回数が増える。小さな身体でちょこまかと走り回っている様は、かわいいというより痛々しかった。

文句を言うのも忘れて眺めていたら、常連らしい店の客の話し声が聞こえて来た。

——お糸ちゃんもかわいそうになぁ。おっかさんを亡くしたばかりだってのに、店の手伝いに追われてよ。

——十歳と言やぁ、まだ遊びたい盛りだろう。

——清八さんもさっさと後添いをもらえばいいのに。

そのやり取りが聞こえたのか、女の子の頰がふくらんだ。

——あたしはおとっつぁんと、店の手伝いが好きなの。横からごちゃごちゃ言わないで。

小さいながらも凜《りん》としたその姿を見たとたん、礼治郎は己が恥ずかしくなったそうだ。

「母親を亡くした女の子が父親を助けようと必死に働いているというのに、手前は己が楽をすることしか考えておりませんでした。挙句、財布を拾ってもらって文句を言うつもりだったなんて……とても合わせる顔がなくて、何も言わずにだるまやから逃げ出したんです」

落とした財布には五百文ほど入っていた。幼い一膳飯屋の娘にはけっこうな大金だったはずだ。

しかし、お糸は拾った財布を自分のものにしようとはしなかった。落とした人が困ると思い、小さな身体で追いかけた。そんな少女のまっすぐさに魅せられたときから、礼治郎は心を入れ替え、真面目に働くようになった。

「仕事でしくじったり、やる気が出なかったりすると、いつもだるまやをのぞきに行きました。お糸さんが頑張っている姿を見れば、手前も頑張ろうと思えたからです。おかげで、美濃屋での奉公を勤め上げることができました」

目を細めて告げられて、お糸は背中がむず痒《がゆ》くなる。

誰かが財布を落としたら、拾って届けるのは当たり前だ。店の手伝いにしても、父に後添いをもらって欲しくない一心でしたことである。

「別に、たいしたことじゃないと思うんですけど」

おずおずと言い返せば、礼治郎は笑みを深めた。

「手前はお糸さんから、真面目に頑張ることの尊さを教えてもらいました。そして、いつしか嫁にするならお糸さんだと思うようになったんです」

天乃屋では、育ちのいい箱入り娘に用はない。主人が苦境に立ったとき、共に苦労してくれる娘が必要なのだ。己の不幸を顧みず、ひたすら父のために働くお糸は自分の妻にふさわしい。

とはいえ、他所で奉公をしている間は言い寄ることもままならない。そのうち、お糸に好きな人ができたと知って、礼治郎は落胆した。

「お糸さんのような器量よしに思われて、嫌がる男はいないでしょう。すぐに嫁に行ってしまうと思っていたのに、何年経《た》っても祝言を挙げるという話が出ない。おかしいと思っていたのです」

今日、余一のところへ押しかけたのは、お糸をどう思っているのか確かめるためだったらしい。お糸と一緒になる気があれば、「お糸に贈る振袖を始末して欲しい」と言われて、引き受けるはずがない。

ところが、余一は礼治郎の気持ちを承知で引き受けた。

「むこうはお糸さんと一緒になる気はないようですね」

「そりゃ、おめぇさんのような恋敵が現われりゃ、余一は引き下がるに決まってらぁ。あいつはお糸ちゃんのしあわせを誰より望んでいるんだから」

「つまり、余一さんは手前のほうがお糸さんをしあわせにできると思った訳ですか。でしたら、手前も引けません」

冷静に切り返されて、六助は二の句を継げなくなる。お糸もとっさに返す言葉が浮かばなかった。

「余一さんの始末は、きものと一緒に人の心もきれいにしてくれると知り合いが申しておりました。その言葉が本当なら、始末された振袖を見て、お糸さんの気持ちも変わるかもしれません」

「そんなことは」

「ないと断言できますか」

余一の腕前を知ればこそ、お糸は一瞬、返事に詰まる。その隣で六助が目をつり上げた。

「おめぇさんは知らないだろうが、あいつの腕は神がかりだ。始末された振袖を見て、お糸ちゃんは余一に惚れ直すに決まってらぁ」

「そのときは仕方がありません。潔く諦めましょう」

「本当ですか」

目を瞠ったお糸に若旦那はうなずいた。

「余一さんには始末ができ次第、お糸さんに届けてくれとお願いしてあります。手前に対する返事は、その後で聞かせてくださいまし」

礼治郎も余一の腕を信用しているのだろう。余裕たっぷりに微笑まれ、お糸は落ち着かなくなる。自分が知っている限り、余一の始末の出来栄えが依頼主の期待を裏切ったことはない。

あたしの気持ちを変えるために、余一さんはどんな始末をする気かしら。

冷たくなった指先をお糸はぎゅっと握り締めた。

七

「余一のところに行っただけにしちゃ、ずいぶん遅かったじゃねぇか。どこで寄り道していやがった」

思いがけず長居をしてしまい、だるまやに戻ったのは五ツ半（午後九時）を過ぎていた。父は手伝いをすっぽかした娘を叱らなかったけれど、その表情は厳しい。きっと、お糸が出て行った後、おみつに事情を聞いたのだろう。

皿を洗う手を止めずに尋ねられ、お糸は急いで謝った。

「ごめんなさい、おとっつぁんひとりで大変だったでしょう。洗い物なら、あたしがするから」

きものの袖を肘《ひじ》までまくり、手早くたすき掛けをする。しかし、父はその場から動こうとしなかった。

「謝るより先に、聞いたことに答えな」

「……六さんと一緒に、天乃屋の若旦那に会って来たの」

「何でまた六さんと」

「たまたま、途中で会ったのよ」

いろいろ端折《はしょ》って答えれば、父は「それで」と先を促す。

「若旦那に何て言ったんだ」

「決まっているじゃない。あたしは一緒になれないから、余一さんにきものの始末を頼んでも無駄だと言ったのよ」

お糸は鼻息荒く言い、父の隣で洗い終わった皿を拭き始める。ややして、父がぽつりと言った。

「おみつちゃんからいろいろ聞いたぜ。おめぇは九年前、天乃屋の若旦那の財布を拾ったんだってな」

「それだけのことで、若旦那はあたしを買いかぶっているのよ。おとっつぁんには迷惑をかけたけど、天乃屋さんに足を運んでよかったわ。あんな大店の御新造なんて、あたしはとても務まらないもの」

「俺は……悪い話じゃねぇと思うぜ」

まさか、父までそんなことを言うとは思わなかった。言葉を失って目を瞠れば、父は皿を洗う手を止めて娘を見る。

「俺は最初《はな》からこの店をおまえに継がせる気はなかった。貧乏人相手の商売がいかに大変か、身をもって知っているからな。おめぇのおっかさんだって、そのせいで死んじまったようなもんだ」

「おとっつぁん、あたしは」

「まあ、聞け」

すかさず言い返そうとしたら、父に手で制された。

「おめぇが嫌なら、何が何でも若旦那と一緒になれとは言わねぇ。金の苦労はしなくても、それ以外の苦労があるだろうしな。だが、金の苦労がねぇだけで、ずいぶん生きるのは楽になる」

「だけど、あたしは」

大店の御新造なんて柄じゃない——お糸はそう言いかけて、父の腰が前よりも曲がっていることに気が付いた。

父は毎日ひとりで料理を作り続けている。口にはほとんど出さないけれど、持病の腰痛は年と共に悪くなっているはずだ。

自分が天乃屋に嫁入りすれば、父は働かなくてすむ。初めてそのことに思い至り、お糸の背筋に震えが走った。

「俺はおめぇより先に死ぬ。そのとき、娘の先行きをできれば心配したくねぇ。俺がいなくても大丈夫だと安心して死にてぇのさ」

「縁起でもないことを言わないで。それとも、どこか具合が悪いの」

いきなり弱気なことを言われて、お糸はたちまち気色ばむ。父は苦笑してかぶりを振った。

「今すぐってこっちゃねぇ。だが、おめぇが嫁に行った後、ひとりで気を揉《も》むのは勘弁してもらいてぇ」

自分が嫁に行けば、父はひとりになってしまう。わかっていたことなのに、お糸は急に不安になった。

そもそも父がひとりになるのは、お糸が後添いを嫌がったからだ。継母にいじめられるおみつを見て、「新しいおっかさんなんていらない」と頑なに言い張った。自分はいつか嫁に行くのに、その後のことを考えなかった。

そのくせ、父の言いつけには逆らい続けて来たなんて、どこまで身勝手なんだろう。もしも天乃屋に嫁いだら、父の肩の荷は下りるのか。

「おとっつぁんは、あたしが若旦那と一緒になったほうがいいと思うの」

「……決めるのは、おめぇだ。俺が嫁に行く訳じゃねぇからな」

どうでもよさそうな口ぶりで、父は再び皿を洗い出す。

恋女房を早くに死なせたことを、父は未《いま》だに気に病んでいる。「金の苦労がねぇだけで、ずいぶん生きるのは楽になる」と言ったのは、母のことがあるからだ。

余一と一緒になれないなら、嫁には行かないつもりだった。けれど、自分がひとりだと、父はいつまでも安心できない。

お糸は皿を拭きながら、ひそかに唇を嚙み締めた。

天乃屋に押しかけた翌日から、お糸はうつむくことが増えた。客の注文には応《こた》えるし、必要なことは言葉にする。だが、ちょっかいをかける客に文句を言ったり、軽口を叩いて客を笑わせることはなくなった。

「おい、お糸ちゃんはどうしたんだ。すっかり辛気《しんき》臭くなっちまって」

「しょんぼりされるくれぇなら、機嫌が悪いほうがまだましだぜ」

客に言われるまでもなく、お糸もそう思っている。

父は何も言わないけれど、きっと案じているはずだ。しかし、顔が笑い方を忘れたらしく、うまく笑みを作れない。前は頭で考えなくても、いくらだって笑えたのに。

古着屋の六助は、天乃屋に二人で行ってからもだるまやには顔を出さない。余一は今頃、礼治郎に頼まれた振袖の始末をしているのか。

その振袖を目にしたとき、あたしは何を思うのかしら。余一さんを諦めて、嫁に行く気になるんだろうか。誰が何と言ったって、余一さんへの思いが揺らぐことはないと思っていたのに。

そんなお糸の悩みをよそに、四月十五日の八ツ半過ぎ、とうとう余一がだるまやにやって来た。

「天乃屋の若旦那に頼まれた振袖を持って来た。受け取ってくれ」

風呂敷包みを差し出す余一をお糸はじっと見つめてしまう。自分の仕立てた袷を目の前の男が着ていたからだ。

「……着てくれたのね」

「せっかく仕立ててもらったからな」

丈と裄《ゆき》が長すぎるかと思ったけれど、ちょうどよかったようだ。新しいきもので一段と男ぶりの上がった相手にお糸は複雑な気分になる。

あたしの仕立てたきものを着て、別の男との仲を取り持とうとするなんて。こっちが勝手に思うだけでも迷惑だということかしら。

やりきれない思いを察したように、父が横から口を挟んだ。

「おめぇは、天乃屋の若旦那がお糸に言い寄っているのを承知で、そいつの始末をしたんだな」

「へぇ」

「お糸が若旦那と一緒になっても、構わねぇと言うんだな」

「……構うも構わねぇもありやせん。おれには関わりのないことでさ」

その刹那、父のこぶしが余一の頬に食い込む。お糸は「おとっつぁん」と悲鳴を上げ、父の腕に飛びついた。

「やめてちょうだい。何てことをするの」

「うるせぇっ。余一、おめぇは今日限りうちの敷居を跨《また》ぐんじゃねぇ。そいつを置いて、さっさと出て行け」

血走った目で命じられても、余一は怒りもしなかった。殴られた左頬は見るからに痛そうで、人並み外れた端正な顔が台無しである。お糸は申し訳なく思いつつ、とっさに首を左右に振った。

「ごめんなさい。あたしは受け取れないわ」

「受け取ってくれねぇと、おれが困る。どうでも返すと言うなら、お糸ちゃんから天乃屋の若旦那に返してくれ」

「お糸、ひとまず受け取りな。この男が始末した振袖がどんなものか、おめぇだって興味があるだろう」

「でも」

「さっきの言葉を聞いてなかったのか。この男はおめぇなんかと関わりたくねぇんだとよ」

そこまで言われたら、「余一さんから返して」と言うことはできない。お糸はうつむいて風呂敷包みを受け取った。

「袷を仕立ててもらった礼も入れておいた。たいしたもんじゃねぇが、受け取ってくれ」

　耳元でぼそりと呟いて、余一はすぐさま踵を返す。遠ざかる後ろ姿をお糸は黙って見送った。

「ふん、いめぇましい。お糸、そいつをしまって来な」

「ええ」

「俺は、天乃屋の若旦那と一緒になれとは言わねぇ。だが、金輪際、余一と一緒になることだけは認めねぇからな。おめぇだって愛想が尽きただろう」

　その余一が始末したきものなど父は見たくもないらしい。額に青筋を立てたまま、唾を飛ばして吐き捨てる。

　お糸は父に返事をせずに階段を昇った。そして、自分の部屋の襖を閉めて、風呂敷の中身を確かめる。

　天乃屋の御新造が結納で着たという振袖は、紫苑《しおん》色（薄紫色）の地に菖蒲《あやめ》の裾《すそ》模様の立派な品だった。とはいえ、自分には地味すぎる気がする。そういえば、天乃屋の御新造は二十五で嫁いだと礼治郎が言っていた。

　断りきれずに引き受けたものの、余一さんだって本当は始末をしたくなかったんだ。あの人が本気で始末をしたら、あたしに似合う振袖に生まれ変わっているはずだもの。

何となく救われた気分になり、お糸はほっと息をつく。

誂えてから二十年以上経っているのに、振袖は新品のような光沢と手触りだ。よく見ようと持ち上げて、お糸はそのまま凍りついた。

ちょうど背紋の入るところに、家紋のような縫い取りがある。一寸（約三センチ）余りのそれをよく見れば、紫苑色のだるまの洒落《しゃれ》紋だった。白い顔の中の目は細く、まるで笑っているようである。

裾模様が豪華なこの振袖は、背中に柄がまったくない。そのため地色と同じでも、だるまの洒落紋は目を惹いた。

女の洒落紋は花が多く、だるまなんて初めて見た。余一はだるまやの娘のために、家紋代わりに入れたのだろう。

こんな始末をされてしまえば、この振袖はお糸のものだと名札を貼《は》られたようなものだ。きもの始末の職人は今回も依頼主の望みに忠実だった。

「余一さんの馬鹿っ」

胸の奥から込み上げたのは、怒りなのか、悲しみなのか。お糸は振袖を投げつけて、風呂敷の中に残された粗末な紙包みに気が付いた。

「何よ、これ」

恐る恐る開いてみれば、柳色や浅葱色の縮緬の端切れが入っている。別れ際に余一が言った「袷を仕立てた礼」らしい。

余一さんは何だってこんな色ばかりくれたのかしら。赤なら、手絡にちょうどいい大きさなのに。お糸は縮緬の端切れを睨み、ほどなく相手の意図に気付く。

手絡は髷に巻きつけて使う飾りで、未婚の娘は赤を用いる。柳色や浅葱色は亭主持ちが使う色だ。

おまけに、それが漉《す》き返しの浅草紙に包んであるということは。

――おれのことは忘れて、浅草の紙問屋、天乃屋に嫁いでくれ。

今となっては恨めしい声が聞こえた気がして、目から涙があふれ出る。余一の始末したきものを見て、悲しくなる日が来るなんて夢にも思っていなかった。

お糸は金通し縞を縫っている間、好きな男の顔を何度となく思い浮かべた。これを着たら、どんな感じになるだろう。果たして気に入ってくれるだろうか。一針一針思いを込めて、袷を縫い上げたのである。

この振袖を始末しているとき、余一は何を思っただろう。この振袖を着たお糸が礼治郎と寄り添う姿を思い浮かべたりしただろうか。だるまの洒落紋を刺繡《ししゅう》しながら、胸の痛みを感じたりしなかったのか。

――俺は、天乃屋の若旦那と一緒になれとは言わねぇ。だが、金輪際、余一と一緒になることだけは認めねぇからな。

あたしが天乃屋に嫁入りすれば、おとっつぁんはきっと安心する。この先無理に働かなくても、暮らして行くことができるんだ。

お糸は柳色の縮緬を握り締め、黙って涙を流し続けた。

未だ来らず

一

「余一、おめぇは何を考えてやがるっ」

天乃屋の礼治郎を訪ねた帰り、六助はお糸と別れた足で櫓長屋へ乗り込んだ。

誰より長い付き合いだから、余一の考えはお見通しだ。どうせ「お糸ちゃんはおれと一緒になるより、大店《おおだな》の若旦那《わかだんな》と一緒になったほうがしあわせだ」と、勝手に決めつけたのだろう。

しかし、そのせいでお糸がどれほど傷ついたか。この目で見てしまったからには、とても黙っていられない。余一と顔を合わせるなり、六助は怒鳴った。

「お糸ちゃんを逃《のが》したら、おめぇみてぇな偏屈と一緒になってくれる娘はいねぇぞ。それを承知で別の男にくれてやるのか」

見た目のいい職人に惚《ほ》れる女は大勢いても、あまりのつれなさに愛想を尽かして三月と経《た》たずに離れて行く。四年も思いを寄せてくれたお糸は唯一の例外だ。それくらいわかっているだろうに、目の前の表情は変わらない。

「もう夜も遅ぇ。大声を出したら、隣近所に迷惑だぜ」

「そんなもん知ったことか。恰好《かっこう》つけもたいがいにしねぇと後悔するぞ」

「後悔だったら、もうしてるさ」

自嘲《じちょう》めいた苦笑を浮かべ、余一が「閉めろ」と顎《あご》をしゃくる。六助は乱暴に腰高障子を閉めてから、下駄を撥《は》ね飛ばして畳に上がった。

「それなら、こっちも話は早ぇ。明日にでも天乃屋に行って、預かった振袖《ふりそで》を返して来な。俺とお糸ちゃんで『余一に始末をさせても無駄だ』と言ったんだが、むこうは聞く耳を持たなくてよ」

当の余一が断れば、礼治郎だって引き下がるだろう。ところが、相手は男前の顔を左右に振った。

「おれが後悔しているのは、天乃屋の若旦那の仕事を受けたことじゃねぇ。お糸ちゃんに深入りしすぎたことだ」

一緒になる気がないのなら、もっと早く遠ざかっておくべきだった——苦い口調で告げられて、六助はカッとなる。

「今さらそんなことを言うんなら、どうして大隅屋の若旦那に文句を言いに行ったんだ。惚れた娘を奪われたくなかったからだろうが」

ちょうど一年前、大隅屋の綾太郎がお糸に岡惚れしたことがある。それを知った余一は「半端な誘いをかけねぇでくれ」とわざわざ店に押しかけた。

「大隅屋の若旦那には許嫁《いいなずけ》がいた。それに天乃屋は事情が違う」

「どう違うってんだ」

「天乃屋じゃ嫁の家柄は問われないし、若旦那は九年前からお糸ちゃんを見て来たそうだ。ああいう人と一緒になれば、きっとしあわせになれるだろう」

礼治郎は余一にも積年の思いを詳しく打ち明けていたらしい。六助は内心舌打ちして、わざとらしく鼻を鳴らした。

「おめぇもおめでたい男だな。恋敵の言うことを鵜呑《うの》みにするなんて」

「なら、とっつぁんは若旦那が嘘《うそ》をついているってのか」

まっすぐに見つめ返されて、六助の目が落ち着きをなくす。

自分だって礼治郎はお糸に惚れていると思う。だが、ここでそれを認めれば、余一はますます身を引く覚悟を固めてしまう。

まったく、余一も若旦那も女々しいにもほどがあらぁ。さっさと思いを打ち明けて、一途《いちず》に余一を追いかけたお糸ちゃんを見習いやがれ。腹の中でひとりごち、六助はざらつく顎に手をやった。

「嫁の家柄は問わないと言ったって、ものには限度ってものがある。天乃屋みてぇな大店に一膳飯屋《いちぜんめしや》の娘が嫁いでみろ。苦労するのは目に見えてらぁ」

「だとしても、おれと一緒になるよりましだ」

「何でだよ。お糸ちゃんはおめぇに惚れているんだぜ」

惚れた相手と一緒になるのが一番のしあわせに決まっている。余一は貧しくとも、誰にも負けない腕がある。お糸だって働き者だし、暮らしに困ることはないはずだ。

「一人口は食えぬが二人口は食えると言うだろう。お糸ちゃんは贅沢《ぜいたく》な暮らしなんざ望んじゃいねぇって」

諭すように続ければ、不意に余一が目をそらす。

「おれは……お糸ちゃんを巻き込みたくねぇ」

「余一」

「とっつぁんも知っている通り、おれは本来この世にいねぇはずの男だ。所帯を持つなんざ、柄じゃねぇ」

苦しそうに吐き捨てられて、六助は束の間《つかのま》言葉に詰まった。

――おまえさえこの世にいなけりゃあっ。

怒りにまかせて言われたことをいつまで根に持っているつもりか。うっかり口にした親方だって、あの世で困っているだろう。六助は腹に力を込めた。

「子供ってなぁ、授かりもんだ。いい年の男がいつまでもいじけたことをぬかすんじゃねぇっ」

「とっつぁんにおれの気持ちはわからねぇよ」

こっちを見つめる余一の目は暗い怒りを湛《たた》えており、その手は首から下げている守り袋を握っていた。今さらながら、六助は米沢町の井筒屋が恨めしくなった。

京の老舗《しにせ》呉服問屋、井筒屋江戸店が、タダで配ったしごきの色で美人番付をしていたことは子供だって知っている。だが、その裏で妾《めかけ》の斡旋《あっせん》をしていたことは、恐らく知られていないだろう。六助だって調べてみるまで夢にも思っていなかった。

――赤いしごきをもらったべっぴんたちについて調べてぇ。とっつぁんも手伝ってくれねぇか。

突然、余一に頼まれたとき、もちろん六助は嫌がった。けれど、「何だってそんなに反対する」と逆に問い詰められた挙句、「お糸ちゃんのためだ」と続けられて、断りきれなくなったのである。

未《いま》だに「絹のしごきをもらえなかった」と文句を言っている千吉《せんきち》にも手伝わせて調べたところ、驚いたことに娘の多くは囲われ者になっていた。

貧しい家の娘なら、赤いしごきをもらわなくてもいずれそうなったかもしれない。しかし、支度金を山と積まれて釣られた娘もいたはずだ。

美人の証《あかし》が呼び込んだのが、玉の輿《こし》ならよかったんだが。店の名を広めるためとはいえ、井筒屋も罪な真似《まね》をしたもんだぜ。六助が眉《まゆ》をひそめたとき、余一の口から意外な言葉が飛び出した。

――引き札と引き換えに絹のしごきを配るなんて、やけに気前がいいと思っていたら……美人の素人娘を色ぼけじじいに仲介して、元を取る腹だったのか。

井筒屋は赤いしごきを渡す際、娘の素性や暮らし向きを詳しく聞き出していたそうだ。そして、金になびくか確かめた上で、「こういう娘がおります」と大店の主人や殿様にこっそり耳打ちしたのだろう。

相手は人知れず娘の顔を確かめに行き、気に入ったら金を積む。首尾よく話がまとまれば、井筒屋は労せずして恩を売れるという訳だ。

――タダでしごきを配ったのは、妾の周旋が一番の狙《ねら》いだったからだ。井筒屋できものを誂《あつら》える娘は、いくら金を積まれたところで日陰者になっちゃくれめぇ。

同じ呉服商いでも、大隅屋には考えつかない手口だろう。井筒屋は呉服を売る以外で客を摑《つか》もうとしたのである。

老舗の看板を掲げながら、女衒《ぜげん》みてぇな真似をしやがって。土手の古着屋を潰《つぶ》そうとしたことといい、井筒屋ってなぁ、本当にろくなことをしやしねぇ。

その話を聞いたとき、六助はたちまち不快になった。同時に、このままではまずいと思い始めた。

万一、井筒屋が余一の素性を知ろうものなら、放《ほう》っておいてはくれないだろう。余一の腕は使い方次第で金になるし、むこうは金のためなら何でもする。また、余一だってそれを知ったらどうなるか。

――……井筒屋には、近づけるな。

親方が言い残した通り、やはり近づかないのが一番だ。そう思った矢先、何も知らない余一はお糸と共に井筒屋へ乗り込んだ。後でそれを知ったとき、六助は怒りと不安でめまいを起こしたほどである。

同心、原口庄助《はらぐちしょうすけ》の御新造《ごしんぞ》を動かして、須田町の矢五郎《やごろう》を押さえたときとは訳が違う。井筒屋はそれこそ矢五郎を使って、余一のことを調べるだろう。

脛《すね》に傷を持つ自分のせいで余一の生い立ちが暴かれたら……最後まで養い子を案じ

の子分を殺しておきながら、兄貴を恨んでいる様子はなかった。さらに余一の父は自分を捨てた親方に合わせる顔がねぇ。

大川で死んだ「白鼠《しろねずみ》の安蔵《やすぞう》」だって、自分を脅して余一を利用しようとした。その際、余一は自分をかばって安蔵に刺されかけている。

ほとぼりが冷めるまで、余一やお糸に近づかないほうがいい。六助はそう考えて、櫓長屋とだるまやからあえて遠ざかっていた。その間に、余一の恋敵が現われるなんて夢にも思っていなかった。

「唐橋花魁《おいらん》も言ってたぜ。しあわせにすることができねぇのなら、最初《はな》から手を出しちゃならねぇって。お糸ちゃんは天乃屋の若旦那と一緒になったほうがいい」

金で身を売る花魁とお糸ちゃんを一緒にすんな――言い返してやりたいが、余一は聞く耳を持たないだろう。

「木戸が閉まると面倒だ。今夜はもう帰ってくれ」

黙っていたら、納得したと思われたらしい。家の主に追い立てられて、六助は渋々立ち上がる。提灯《ちょうちん》を手に表に出れば、女の眉のような月が夜の闇《やみ》に浮かんでいた。

己を責める男にとって、惚れた女は夜空の月と同じなのか。仰ぎ見るだけで十分だと勝手に思い込んでいる。井筒屋のことさえなかったら、もっとうるさくけしかけたのに。

ため息をついてかぶりを振れば、夜回りの拍子木の音に続いて、四ツ（午後十時）を告げる鐘が鳴り出した。

もたもたしていたら、本当に木戸が閉まっちまう。

六助は提灯を揺らして駆け出した。

二

四月も二十日になれば、すぐに着られる古着でも袷《あわせ》を買う客はいなくなる。土手の古着屋で並んでいるのは、老若男女の単衣《ひとえ》ばかりだ。

六助は五日連続で見世を開き、古着屋仲間を驚かせた。

「六さん、その不景気な面ぁ、どうにかならねぇのかい。見ているこっちまで気が滅入ってくらぁ」

「うるせぇっ、他人のことをつべこべ言えるほど、上等な面かよ」

隣の長吉《ちょうきち》から文句を言われ、六助は相手を睨《にら》みつける。長吉は呆《あき》れたように嘆息した。

「せっかくいい日和《ひより》だってのに、そんな面をしていたんじゃ客だって寄って来やしねえ。いっそ長屋で寝ていたほうがいいんじゃねぇか」

「へえ、あいにく、そういう気分じゃねぇんだ」

『寝るほど楽はなかりけり』が口ぐせの六さんがねぇ。めずらしいこともあるもんだ。雪でも降るんじゃねぇのかい」

長吉はわざとらしく目を見開いて天を見上げる。青空に浮かんでいるのは綿のようなちぎれ雲で、雪どころか雨すら降りそうもない。六助は言い返すのも面倒になり、鼻を鳴らして背を向けた。

余一は礼治郎から頼まれた始末を終え、お糸に振袖を渡してしまった。そのとき、だるまやの親父に殴られたという。

――今日限りうちの敷居を跨《また》ぐなと言われたが、お糸ちゃんもこれで踏ん切りがついただろう。

五日前、六助が長屋で寝ていたら、頬《ほお》を腫《は》らした余一が酒を持ってやって来た。しかも、こっちに勧めることなくひとり勝手に飲み始める。

――おい、その面ぁどうした。おまけに日も暮れないうちから酒なんぞ飲みやがって……おめぇらしくもねぇ。

目を丸くして問い詰めたら、事の次第を打ち明けられた。

恋敵の仕事を急いで仕上げて惚れた娘に恨まれた挙句、その父親に殴られるなんて、踏んだり蹴《け》ったりとはこのことだ。六助は心底呆れながら、「どんな始末をした」と聞けば、余一が酒を飲む手を止めた。

――言いたくねぇ。

ぶっきらぼうな答えを聞いて六助は口を開きかけ――結局、何も言えないまま自分の湯呑《ゆのみ》を突き出した。

江戸っ子でもねぇくせに、やせ我慢をしやがって。ひとりでやけ酒も飲めないほどお糸に惚れているのなら、他人に譲るなってんだ。心の中で吐き捨てて、注《つ》がれたタダ酒を一気にあおった。

その翌日から、六助は休まず見世を開けている。天気がいいのもあるけれど、長屋でごろごろしていると嫌なことばかり考えてしまう。井筒屋はこの先何をする気か。お糸はもう礼治郎に色よい返事をしただろうか……。

亀の甲より年の功、年を取ったら取った分だけ知恵が増えると思っていた。けれど、四十半ばを過ぎてもろくな考えが浮かばない。役立たずの頭をかきむしりたい気分でいたら、長吉の慌てた声がした。

「おい、おっかねぇのがやって来たぜ」

「ふん、矢五郎でも来やがったか」

振り向いた六助は、下駄の音も荒々しく寄って来る老婆を見てぎょっとする。半ば白い髪を振り乱し、しわの多い顔の中で目だけがつり上がっている。鬼女もかくやという形相に六助は慄《おのの》いた。

時刻は七ツ（午後四時）を過ぎたばかりで、逢魔《おうま》が刻《とき》にはまだ間がある。さては、売りつけた古着に変なものでも憑《つ》いていたか。だとしても、俺が悪いんじゃねぇぞ。逃げ出したい気分でいたら、老婆が目の前で立ち止まった。

「六さん、あの男女《おとこおんな》はどこにいるのさ」

目の前の姿に見覚えはなくとも、あいにく声には聞き覚えがある。六助は半信半疑で名を呼んだ。

「まさか……お蔦《つた》師匠か」

「ああ、そうさ。もったいぶらずに教えとくれ」

「え、えと」

いつもと違う相手の姿に六助は目を白黒させる。本人がそうだと言うのだから、確かにお蔦なのだろう。女を見る目がある色事師の千吉からも「お蔦は五十半ばのはずだ」と聞かされていた。

しかし、何をどうすれば、目の前の年寄りが三十半ばの色っぽい大年増に化けられるのか。余一に勝るとも劣らないびっくり仰天の腕前である。

こういうことを知っているから「女ときものは生き直せる」と、常々余一は言うのだろうか。六助はかすれる声で聞いた。

「お、男女ってなぁ、千吉のことか」

「他に誰がいるってんだい」

鋭く睨みつけられると、こっちまで年を取りそうだ。

隣の見世から長吉が興味津々で眺めている。六助はわざとらしく咳払《せきばら》いをした。

「いつもの師匠らしくもねぇ。そんなおっかねぇ顔をして、やっと何があったんだい。さては金でも巻き上げられたか」

千吉は「余一の知り合いには手を出さない」「相手をするのはせいぜい四十まで」と言っていたが、普段は三十半ばに見えるお蔦である。酔ったはずみで口説いたとしてもおかしくない。

ところが、お蔦は「見損なうんじゃないよ」と唾を飛ばした。

「このあたしが尻《しり》の青い男女に騙《だま》される訳ないじゃないか。ひっかかったのは、あたしの弟子さ」

「へえ、その女は芸者か、妾かい」

　色事師が狙うのは、自分より年上の金を持っている女ばかりだ。六助が勝手に決めつければ、「だったら、こんなに怒るもんか」と、お蔦は歯嚙《はが》みする。

「互いに遊びで付き合うのなら、あたしも野暮は言わないよ。嫁入りの決まった娘にちょっかいを出したから許せないのさ」

「やつが嫁入り前の娘に手を出すなんて、めずらしいこともあるもんだ。その娘の家はよっぽど金があるんだな」

　嫁入りを控えた金持ちの娘なら、親から手切れ金を引き出せる。だが、今度も「見当違いもたいがいにおし」と言われてしまった。

「お稲《いね》ちゃんはね、蕎麦屋《そばや》で働いている鋳掛屋《いかけや》の娘だよ。家にお金がないことくらい、千吉だって百も承知さ」

「おい、そりゃあ本当か」

「ああ。せっかく料理屋の跡取りに見初められたってのに……千吉と一緒になりたいと、お稲ちゃんが言い出したんだよ。いったい、どうしてくれるのさ」

「俺にそんなことを言われても」

　頭ごなしに責められて六助はとまどう。とばっちりもいいところだが、金が命の千吉が貧しい娘に言い寄るなんて今までになかったことである。

まさか、今度こそ本気なのか。六助は尋ねずにいられなかった。

「そのお稲ってのは、どんな娘だ」

「あたしの弟子だもの。気立てのいい働き者に決まっているじゃないか。器量は飛び抜けていい訳じゃないけど、親しみの持てる顔立ちでね。嫁ぎ先は値の張る店じゃないし、あの子ならいい女将《おかみ》になるだろう。千吉さえ余計なことをしなければ、万事うまく行ったんだよ」

その後もお蔦は色事師への文句を並べ立てていたけれど、六助は聞いていなかった。師匠には悪いが、千吉が本気なら後押しをしてやりたい。

あの色事師ですら所帯を持つと知れば、余一もお糸のことを考え直すだろう。相手がいい縁談を断って千吉を選ぶなら、なおさらである。

そのためには、まず目の前の師匠を何とかしねぇと。六助はごくりと唾を呑《の》み、上目遣いにお蔦を見た。

「なぁ、千吉だってその娘に本気で惚れたかもしれねぇだろう」

「馬鹿馬鹿しい。寝言は寝てから言っとくれ」

まるで聞く耳を持たない相手に六助は食い下がる。

「おめぇさんがそう思うのも無理はねぇ。だが、俺の知る限り、千吉が金にならねぇ娘に手を出すなんて一度もなかった。金が目当てじゃねぇとすりゃ、本気で惚れているってことだ」

強い調子で言ったとたん、お蔦が眉を撥ね上げる。そして、床見世の中に座っている六助に顔を近づけた。

「まさかと思うけど……お稲ちゃんと千吉を一緒にさせようなんて言い出すんじゃないだろうね」

「本人同士が惚れ合っているなら、それもいいじゃねぇか」

真面目《まじめ》くさって返したとたん、お蔦は声を上げて笑い出す。

「ああ、おかしい。六さんの口からそんな言葉を聞くなんて、あたしゃ夢にも思わなかったよ」

本気の言葉を笑われて腹が立たないはずがない。だが、ここで怒ってはおしまいだと、六助は自分に言い聞かせる。

「そんなにおかしいか」

「おまえさんだっていい年だ。人並みに世間を知っているだろう。千吉と一緒になったって、お稲ちゃんはしあわせになれないよ」

「だが、その娘は千吉に惚れてんだろう」

「惚れた相手と一緒になっても、生きている限り腹は減る。あの千吉がどうやってお稲ちゃんを養うのさ。他所《よそ》の女を誑《たぶら》かして、女房を養うって言うのかい」

「それは……」

陰間《かげま》上がりの千吉は堅気の仕事をしたことがない。痛いところを突かれてしまい、六助は口ごもる。お蔦は訳知り顔でふんぞり返った。

「あたしは金のことだけで千吉が駄目だと言ってんじゃない。あんな男と一緒になれば、お稲ちゃんが不幸になるとわかっているから反対するのさ」

「どうしてだ」

「女を食い物にして来た男にまともな所帯は持てっこない。本気でお稲ちゃんを思っていたら、嫁入りを控えたあの子に言い寄ったりするもんか」

――唐橋花魁も言ってたぜ。しあわせにすることができねぇのなら、最初から手を出しちゃならねぇって。

お蔦の言い分と余一の言葉が重なって、六助の気持ちがぐらりと揺れる。腕を組んで考え込めば、お蔦が足を踏み鳴らす。

「もういい加減わかっただろう。早く千吉の住まいを教えとくれ」

六助はしばし迷った末に、お蔦に向かって頭を下げた。

「俺が明日にでもやつの長屋に行って、本当のところを聞いて来る。住まいを教えるのは、その後にさせてくれ」

「冗談じゃない。そんなに待っていられるもんか」

「頼む。この通りだ」

目を剝《む》く相手に六助は重ねて頼んだ。

千吉の住まいを教えれば、お蔦は問答無用で手を引かせにかかる。だが、千吉がまっとうな仕事に就けないのは、親に売られてしまったせいだ。人並みの育ちをしていれば、いくら見た目がよくたって色事師にはならなかった。

いつしか六助の頭の中で、千吉が余一に、お稲がお糸に重なっていた。千吉たちが結ばれれば、余一たちもうまく行く——そう思って頭を下げ続けていたら、とうとうお蔦はため息をついた。

「柳原の古着屋がどうしたって言うのさ。この世の汚さは十分承知のはずだろう」

古着の中でも「柳原物」は安物だ。出所の怪しい品は山ほどあるし、扱う古着屋だってうさんくさい連中ばかりである。六助もご多分に漏れないけれど、だからこそ今は千吉を信じてみたかった。

「汚れたもんでも、洗えばきれいになるじゃねぇか」

「一度染み込んだ汚れはそう簡単に落ちやしないさ。余一さんの始末だって、必ずうまく行くとは限らないだろう」

「だが、そういうときだって別のもんに生まれ変わるぜ」

ここぞとばかりに言い返せば、お蔦は「しょうがないね」とかぶりを振る。

「だったら、六さんが千吉をあたしの家に連れて来とくれ。ただし、千吉が本気だったとしても、あたしは断じて認めないよ」

お稲は許婚と一緒になるべきだとお蔦は言い、「何日も待てないからね」と付け加えた。

「わかった」

どうにかこの場が収まって、六助はほっとする。そして、あることに気が付いた。

「どうでも千吉の住まいを知りたいなら、余一に聞いたっていいだろう。どうして俺のところへ来たんだ」

お蔦は元々余一の客で、住まいは小網町《こあみちょう》にある。柳原より白壁町《しらかべちょう》のほうが多少なりとも近いはずだ。すると、相手は恥ずかしそうに身をよじった。

「こんなみっともない姿、余一さんには見せられないよ」

俺なら見せてもいいのかと、六助は内心ふて腐れた。

三

千吉の住まいは神田明神《かんだみようじん》の裏、妻恋坂《つまごいざか》の上にあった。

「まったく、何だってこんなところに住んでいやがる」

四月二十一日の昼前、六助は文句を言いながら坂道を上っていた。近頃は寄る年波か、上り坂がおっくうだ。黙って足を進めていると、だんだん顎が上がって行く。

お蔦は自分より年寄りなのに、何であんなに元気なのか。昨日の剣幕を思い出して、六助はうんざりしてしまった。

やっぱり、ずっと踊っているので足腰がしっかりしているのか。水木蔦歌《みずきつたか》と言えば、踊りの名手としてその名を知られていたそうだ。今でも（化粧をすれば）若く見えるのは、鍛錬の賜物なのだろう。

一方、千吉は「色男、金と力はなかりけり」を地で行く優男である。色事師を辞めるとしたら、いったい何ができるのか。力仕事は無理だろうし、今からどこかに弟子入りして、職人になるのも難しい。

見た目のよさと口のうまさを生かすとしたら商いだが、ひとりでやるには元手がいる。下働きなら雇ってもらえるかもしれないけれど、負けず嫌いの千吉に務まるとは思えない。

「何事も若いうちだよな」

六助は立ち止まって初夏の青空をふり仰ぐ。この辺りは神社が多いため、鮮やかな新緑が目にまぶしい。生い茂る木々の葉は伸びる勢いを感じさせる。

親方が幼い余一を厳しく仕込んだように、お蔦が子供の頃から踊りを続けているように、若い頃に習ったものほど骨身に沁《し》み込む。

そういう自分は若い頃、いったい何をしていただろう。親に死なれて悪事に手を染め、何かを習う暇はなかった。その後、盗品を売りさばくために古着屋になったものの、いつしか古着から恨みの声が聞こえ出した。このままではおかしくなると怯《おび》えていたら、余一の親方の後押しで足を洗うことができた。

死んだ恩人に報いるためにも、お糸は礼治郎に渡せない。六助は再び歩き出し、坂の途中の妻恋稲荷で足を止めた。

困ったときの神頼みだ。ひとつ手を合わせて行くか。

境内に入って賽銭《さいせん》を投げ、柏手《かしわで》を打って手を合わせる。余一のこと、お糸のこと、ついでに千吉のことも祈ったら、何だか照れくさくなってしまった。

他人のために神頼みをするなんて、我ながらお人よしになったものだ。千吉の住む裏長屋は妻恋稲荷の近くだった。

「千吉、いるか。六助だ」

声をかけてみたものの、中から応じる声はない。

昼飯でも食べに行ったかと腰高障子に手をかければ、心張棒が嚙まされていてびくともしない。六助はむっとした。

「おい、居留守を使うたぁどういう了見だ。こちとらわざわざ坂を上って訪ねて来てやったんだ。さっさとこの戸を開けやがれ」

桟の上から容赦なく障子を叩《たた》けば、ガタガタと音がして、五寸（約一五センチ）ばかり戸が開いた。

「うるせぇな、何しに来やがった」

隙間《すきま》から見えた顔色の悪さと酒臭さに六助は息を吞む。そして、すぐに腰高障子を開け放す。

「その顔はどうした。唯一の取柄が台無しじゃねぇか」

目が赤く濁っているのは、恐らく酒の飲みすぎだろう。無精ひげが生えているし、髷《まげ》は緩んで崩れている。だらしなく羽織っているのは女物の派手な襦袢《ジュバン》だ。

さては、お稲を諦《あきら》めようとやけ酒を飲んでいやがったか。初めて目にする乱れっぷりに六助は眉をひそめる。

「何があった。おめぇらしくもねぇ」

「別にどうもしやしねぇ。放っておいてくれ」

「そうしてぇのはやまやまだが、こっちはおめぇに用がある。四の五の言わずに中に入れろ」

千吉はさも嫌そうな顔をしたけれど、障子を閉めたりしなかった。六助は四畳半の長屋に足を踏み入れ、中の様子に顔をしかめる。

敷きっぱなしの布団の周りに、酒の徳利と脱ぎ捨てられた女物の袷があった。並みよりかなり大きいから、たぶん千吉の物だろう。

陰間上がりの千吉はなぜか女に化けたがる。しかし、普通の女物では裄《ゆき》も丈も足りないので、自分が着られるきものは特に大事にしていた。いつ倒れるかわからない口の開いた徳利のそばに放り出しておくなんて、今までになかったことである。

驚くこっちに目もくれず、千吉は布団に寝転がった。

「俺はまだ寝足りねぇ。用なら早く言ってくれ」

「こんな無様な姿を見たら、お稲ちゃんが泣くぞ」

「はて、おいちだったら覚えがあるが」

酒で頭が働かないのか、それともこっちをからかっているのか。六助は眉根を寄せて言葉を足した。

「鋳掛屋の娘のお稲ちゃんだ。まさか、知らないとは言わせねぇぜ」

きつい調子で言い返したとき、嫌な予感が胸をよぎる。

まさかお蔦が睨んだ通り、ただの遊びだったのか。目を眇《すが》めた六助に千吉が「あぁ」と呟《つぶや》いた。

「あれだろ、蕎麦屋の手伝いの……許婚がいるってのに、俺が声をかけたらすぐにその気になりやがった。生娘の尻も軽くなったぜ」

困ったもんだと言いたげに、千吉は無精ひげの生えた顎を引っ張る。

お蔦がこんな姿を見たら、摑みかかっていただろう。六助もむかっ腹を立て、横になっている相手の頭を力任せに引っ叩《ぱた》いた。

「いってぇなっ。何しやがる」

「それはこっちの台詞《せりふ》だ。金も取れねぇ素人娘にどうして手を出しやがった。その娘にはいい縁談があるんだぞ」

にわかに裏切られた気分になり、六助は相手を睨みつける。千吉は鼻でせせら笑った。

「そいつが癪《しゃく》に障ったんだよ」

「何だと」

「たまたま入った蕎麦屋にお稲がいてさ。料理屋の倅《せがれ》と一緒になるって本人も周りも喜んでいるから、『本当にその人が好きなのかい』って聞いてやったのさ。そうしたら真っ赤になった挙句、数日後には『千吉さんのほうが好き』って抱きついて来やがった。それにしても、どうして六さんがお稲のことを知ってんだい」

悪びれることなく聞き返されて、六助は奥歯を噛み締める。

千吉にしてみれば、これくらいは口説いた内にも入らないのだろう。だが、とびきりの色男に思わせぶりなことをささやかれ、色恋に慣れない真面目な娘はたちまちのぼせてしまったのだ。

他人のしあわせをぶち壊して何が楽しい――怒鳴りつけようとした刹那《せつな》、売れっ子陰間だった頃の千吉の言葉を思い出した。

――だって、高く売れるんだよ。

肌を合わせた馴染《なじ》みの客から金蔵や鍵《かぎ》のありかを聞き出し、盗人《ぬすっと》に売りつける。つなぎ役の六助が「惚れて通って来る客をどうして裏切る」と聞いたとき、千吉は不思議そうに言ったのだ。

あのとき、金のためなら何でもやる少年を空恐ろしいと思った反面、憐《あわ》れにも思った。だが、今の千吉に同情の余地はない。

六助だって生きるためにかつては悪事を働いていた。他人のしあわせを妬《ねた》んだことも数知れないが、それとこれとは話が違う。

こんな野郎と余一を重ねるなんて、俺も焼きが回ったぜ。六助は腹立ちまぎれに胸の中で吐き捨てた。

「おめぇがそこまで腐っていたとはな。お蔦師匠に合わせる顔がねぇや」

「どうして、妖怪《ようかい》変化が出て来るのさ」

「お稲はお蔦師匠の弟子なんだよ。おまえの住まいを教えろと、鬼のような剣幕で俺の見世に押しかけて来た」

「それで、お稲を知っていたのか。だが、そういうことなら妖怪変化が自ら乗り込んで来そうなもんだ。どうして六さんが来たんだい」

探るような目つきで聞かれ、六助はむっつり黙り込む。

今となっては「おめぇが本気だと思ったから」とか「お稲との仲を後押ししてやる

つもりだった」なんて、口が裂けても言いたくない。お蔦に問われるまま千吉の住まいを教えていれば、こんな思いをしなくてすんだ。

お人よしもたいがいにしねぇと、こっちの身が持たねぇや。

長居は無用とばかり、六助は腰を上げる。お蔦の家に千吉を連れて行くと約束したが、これでは果たせそうもない。

「おめぇにゃ、つくづく愛想が尽きたぜ。余一にも二度と近寄るんじゃねぇ」

言い捨てて出て行こうとしたら、背後で千吉の声がした。

「余一は運がいいよな」

「何だって」

聞き流すことができなくて、六助は振り返る。

余一の運がいいのなら、世の中に不運なやつなんていないだろう。じろりと睨みつけてやれば、こちらが口に出さなくても思ったことは伝わったらしい。千吉は無駄に整った顔を醜く歪《ゆが》めた。

「親がいなくても、あの腕があれば食って行ける。なまじ見た目がよかったせいで、親に売られた俺とは大違いだぜ」

「親への文句なら、親に言え。余一は関《かか》わりねぇだろう」

冷ややかに言い返せば、相手は癇癪《かんしゃく》じみた声を上げた。

「六さんだって、今じゃ堅気の古着屋だもんな。俺みてぇな半端者とは付き合いたくねぇんだろう」

「そんなふうに思うなら、おめぇも堅気になりゃあいい。色事師なんざ、年を食ったらみじめなもんだぜ」

「今から俺に何ができるってんだ。知っているなら教えてくれよ」

身体《からだ》を起こして文句を言われ、六助は首を横に振る。これ以上八つ当たりに付き合うなんてまっぴらだ。

「おめぇができることなんて、俺にわかるもんか」

六助は今度こそ下駄を履いて表に出る。腰高障子を閉めるとき、千吉が一升徳利に手を伸ばすのが見えた。

「千吉のやつ、どうしたってんだ」

妻恋坂を下りながら、胸の思いを口にする。

陰間茶屋で知り合ってから今日に至るまで、千吉のあんな姿は見たことがない。赤いしごきをもらった娘を一緒に探ったときだって、いつもと違うところはなかった。

――あの程度の器量で真っ赤なしごきがもらえるのかい。あたしのほうがよほどきれいじゃないか。

赤いしごきの娘を見るたび、女言葉で文句を言った。そのくせ、余一から井筒屋の企みを聞かされると、井筒屋の味方をしたのである。

——貧しい家の器量がいい娘なんて、遅かれ早かれ売られるのがオチさ。金持ちの妾になれるなら、それに越したことはない。俺に言わせりゃ、井筒屋は悪いことなんてしちゃいないよ。

男と女の違いはあれ、親に売られた身としてはそれが本音なのだろう。

千吉の見た目が悪かったら、堅気の奉公ができたのか。だが、売れっ子陰間になったおかげで、贅沢ができたのも確かである。

運がいいか悪いかなんて、死んでみるまでわからねぇ。

六助は足元に目を落としながら岩本町へ戻って行った。

四

翌日の朝、六助は再び千吉の長屋に赴《おもむ》いた。

昨日の今日で再び訪ねたくなかったけれど、どうにも気になって仕方がない。小網町に行く前に、様子を確かめておきたかった。

とはいえ、六助の長屋がある岩本町は千吉の住む湯島《ゆしま》の南、お蔦の住む小網町からは北にあたる。

何だって、俺があっちもこっちも行かなくっちゃならねぇんだ。六助は息を切らしながら、千吉の長屋の戸を叩いた。

「おい、いるんだろう」

返事を待たずに腰高障子を開けてみれば、あいにく住人は留守だった。念のため中に入ると、家の中は昨日と同じく雑然としている。

せっかく来たのに無駄足かよ。六助が思い切り舌打ちすれば、背後で大きな声がした。

「千吉、あたしの衣装を返しておくれっ」

「あんた、誰だい」

息を切らして飛び込んで来たのは、見たことがない小柄な男だ。きものは地味な橡《つるばみ》色（茶色）の米格子《こめごうし》だが、月代《さかやき》を野郎帽子で隠している。たぶん、女形なのだろう。

だが、女に化けることを生業《なりわい》とする割には、目がぎょろりとして口が大きい。髭《ひげ》の剃《そ》り跡も一際青く、いくら化粧をしたところで美女になれるとは思えない。

いっそ、身体が大きければ、強面《こわもて》の悪役がはまっただろう。六助がしげしげ見つめていたら、相手は細い眉を撥ね上げる。

「そっちこそ何者さ。千吉の野郎はどこにいるんだい」

「そいつぁ、こっちが聞きたいくらいだ。あんたは役者のようだが、衣装ってなぁ何のことだ」

強い調子で問い返せば、小柄な相手は怯んだらしい。そして、六助の顔をじっと見てから、乱れたきものの裾《すそ》を引っ張った。

「大変失礼いたしました。あたしは市村座《いちむら》の山川雪弥《やまかわゆきや》と申します」

「俺は柳原の古着屋で、六助ってんだ。千吉の知り合いに、市村座の役者がいるとは思わなかったぜ」

市村座と言えば、江戸三座のひとつである。ぱっとしない見てくれだから、てっきり宮地芝居の役者かと思った。六助が感心してみせると、相手は大きな口の両端を引き上げる。

「こんな厳つい顔で、雪弥って柄かと思ったんでしょう」

「い、いや、そんなことは」

「隠さなくてもいいですよ。あたしだってわかっていますから。千吉のような顔をしていたら、さぞかし人気が出たんでしょうけど」

さばさばとした口調で言われ、六助もつい「確かになぁ」とうなずいてしまう。実際、雪弥と千吉が並んでいたら、誰もが千吉を売れっ子女形と思うはずだ。

「やっと何があったんだい。衣装がどうのと言っていたが」

六助が話を元に戻すと、相手の肩がびくりと震える。それから息を吐き出して、台所にある水瓶《みずがめ》の蓋《ふた》を開けた。

「おい、その水は古いかもしれねぇぞ」

昨日の千吉の様子では水を汲《く》み替えていたかわからない。しかし、役者は平然と柄《ひ》杓《しゃく》で水瓶の水を飲んだ。

「あたしは丈夫なのが取柄でね。ちょっとやそっとじゃ、腹を下したりしませんよ。ちょいと長い話になるんで、喉《のど》を湿らせてやらないと」

雪弥は柄杓を水瓶の上に置き、家主のいない家に上がり込む。放り出されたきものを丸めて座る場所を作ってから、土間に立っている六助を手招いた。

「六さんも上がってください。立ち話は落ち着かなくって」

「あ、ああ」

いきなり「六さん」呼ばわりされて、六助は面食らう。妙なことになったと畳の上に腰を下ろせば、「ところで」と雪弥が切り出した。

「六さんは、千吉とどういう知り合いなんですか」

「……俺は土手の古着屋で、やつは客。それだけのことだ」

「あら、あたしは六さんが千吉の客だと思いました」

「何だと」

思わせぶりな言葉に六助は身構える。すると、相手はぎょろ目を細め、きものの袖《そで》で口元を隠す。

「あたしは昔、千吉と同じ見世にいたんです。もっとも、むこうは見世一番の売れっ子で、こっちはお茶を挽《ひ》いてばかりいましたけど。そこで六さんをお見かけしたのを思い出して」

まさかの返事に六助はぎょっとした。そういえば女形は若い頃、陰間茶屋で働くと聞いたことがある。

かつて千吉のところに通っていたのは、客から聞き出した情報《ねた》をもらうためだ。しかし、裏の事情を初対面の雪弥に教える訳には行かない。甚だ不本意ながら、六助は曖昧《あいまい》に顎を引く。

「よく俺の顔を覚えていたな。何年も前のことなのに」

「あたしは人の顔を見るのが好きでね。自分の面が気に入らないから、他人の顔が気になっちまう。けど、おまえさんも大変だね。千吉みたいな性悪に今でも入れあげているなんてさ」

「ふ、ふざけんなっ、気味の悪いことを言うんじゃねぇ」

訳知り顔でうなずく相手に六助はとっさに言い返す。しかし、雪弥は「隠さなくてもいいって」と手を振った。

「やつとは長い付き合いだろう。千吉がしたことの尻拭《しりぬぐ》いは、おまえさんにしてもらうよ」

「千吉が何をしたってんだ」

「あたしが大殿様から賜った大事な衣装を盗んだのさ」

山川雪弥は親の代からの大部屋役者だが、昨年、急な代役で舞台に立った際、さる大名家の御隠居様に気に入られたという。おかげで、今年からましな役がもらえるようになったのだとか。

「見世を辞めた千吉とは、ずっと会っちゃいなかった。ところが今年の三月に、いきなり楽屋に訪ねて来てね」

千吉は雪弥のことを知りたがり、根掘り葉掘り聞いたそうだ。「さる御大名の大殿様が贔屓《ひいき》にしてくださっている。特別に衣装も頂戴《ちょうだい》した」と打ち明ければ、ずいぶん喜んでくれたという。

「本当は、そこでおかしいと思うべきだったのに……茶屋で売れっ子だった千吉にすごい、すごいと持ち上げられて、あたしもつい調子に乗って余計なことまでしゃべっちまったんだよ」

以来、千吉とは何度か酒を飲み、昨夜は雪弥の長屋で飲んだらしい。

「大殿様からいただいた衣装をどうしても見たいと言うから、酒を飲む前に見せてやったのさ。それから二人で飲み始めたとたん、あたしは眠ってしまって」

「今朝目が覚めたら、千吉と大事な衣装が消えていたって訳か」

「酒は千吉が持って来たやつだから、一服盛られたに決まってる。あの野郎、昔馴染みに汚い真似をしやがって」

六助の言葉に雪弥が歯ぎしりして悔しがった。

御大名の大殿様が下さったものなら、当然立派な衣装だろう。だが、高価なきものほど売りさばきにくい。金が真の目当てなら、別の物に手を出すはずだ。

また、女装好きな千吉が己で着るとも思えない。小柄な雪弥と背の高い千吉では、きものの裄も丈も違いすぎる。

お稲のことといい、今度のことといい、千吉はどうしちまったんだ。六助が二の句を継げずにいたら、雪弥がこっちに膝《ひざ》を進める。

「三日後の二十五日、あたしは盗まれた衣装を着て、大殿様の前で踊りを披露することになっているんだ。一刻も早く千吉から衣装を取り戻さないと」

「そんなことを言われたって、俺にはどうしようもねぇ」

「何言ってんだい。惚れた相手のしたことだろう。関係ないとは言わせないよ」

「だから違うって。俺と千吉は」

唾を飛ばして言い返しかけ、六助は慌てて口を押さえる。怒りにまかせて昔の悪事を自らばらすところだった。

「その……む、昔はともかく、今はただの知り合いだ。やつが行きそうなところだって見当もつかねぇ。役に立てなくて悪かったな」

六助はそれだけ言って、そそくさと立ち上がる。これ以上ここにいたら、面倒なことになりそうだ。

しかし、歩き出そうとしたとたん、後ろから腰にしがみつかれた。

「そんなことを言われて引き下がる馬鹿がいるもんか。あたしの衣装が戻るまで、この手は放さないからね」

「じょ、冗談じゃねぇ。おい、放せ」

振り払おうとしたけれど、小柄な割に力が強い。焦る六助に雪弥が怒鳴った。

「衣装を取り戻してくれないと、あんたの情夫《いろ》に盗まれたと土手中に触れ回ってやる。あんたの見世でも盗品を扱っているに違いないって」

「この野郎、めったなことを言うんじゃねぇ」

とんでもない相手の脅しに六助は青ざめた。

そんなことをされたら最後、須田町の矢五郎が黙っていない。結果、余一の生い立ちが明らかにされてしまったら……。

どうして千吉の長屋に立ち寄ったりしたんだろう。まっすぐ小網町に行けば、こんなことにはならなかったのに。

六助は思わず目を覆った。

五

「余一、すまねぇ。この人に力を貸してくれ」

初対面の役者を見て、余一が嫌そうな顔をする。雪弥はそれをものともせず、「市村座の山川雪弥です」といかつい顔でしなを作った。

「この見た目でただの職人だなんて、本当にもったいないねぇ。十年前に知り合っていたら、座頭に紹介したんだけど」

「……用なら、手短に言ってくれ」

「千吉に大事な衣装を盗まれて困っているんだよ。余一さんなら何とかできるって、六さんが言うからさ」

すかさず余一に睨まれて、六助は乾いた笑みを浮かべる。

こっちだって否応なしに巻き込まれてしまったのだ。顔の前で手を合わせれば、余一がそっけなく言い放つ。

「おれに仕事をさせたかったら、まずきものを持って来な。だいたい芝居の衣装なら、他の芝居小屋から借りればいい」

「あいにく、それができねぇのさ」

「なぜ」

「千吉に盗まれたのは、さる御大名の大殿様から雪弥が賜ったものなんだよ。真っ白な振袖の裾に赤い南天の刺繡《ししゅう》が施されたもので、その衣装に合わせた踊りを雪弥が自分で考え出した。大殿様はそいつがお気に入りで、三日後も披露することになってんだと」

「白地に赤い南天か……まるで雪うさぎだな」

雪うさぎは雪を半円に固め、赤い南天の実を目、緑の葉を耳として付けたものだ。雪弥が我が意を得たりとうなずいた。

「その踊りは『雪うさぎ』と言うんだよ。ほら、あたしは小柄だし、うさぎによく似ているだろう」

確かに小柄ではあるけれど、雪弥はうさぎに似ていない。どちらかというと、目と口が大きい魚みてぇだ――六助はそう思ったけれど、口に出したりしなかった。

「六さんに言われて、盗まれた衣装の絵を描《か》いたんだ。おまえさんなら、これと同じ衣装を二日で用意できるんだってね」

雪弥の描いた絵によれば、南天の刺繍は膝から下の裾模様だけである。帯は普通の黒繻子《くろじゅす》で、こちらは盗まれていなかった。

「俺が白無垢《しろむく》を手に入れるから、この絵と同じような南天の刺繍をしてくれ。おめぇの腕なら二日で仕上げられるだろう」

「無理を言うな。刺繡は手間がかかるんだ。せめて十日はもらわねぇと」

「十日なんて冗談じゃない。六さん、話が違うじゃないか」

青くなった役者に詰め寄られ、六助は困って余一を見る。だが、頑固な職人は己の意見を変えなかった。

「とにかく、二日で仕上げるなんて無理な話だ。千吉が盗んだとはっきりしているんだろう。やつを捜して取り返せ」

「それが無理そうだから、おめぇに頭を下げてんじゃねぇか」

六助は口をへの字に曲げ、千吉がお蔦の弟子を弄《もてあそ》んでいたことも打ち明けた。

「千吉は近頃、うまく行ってるやつの足を引っ張ってばかりいる。運よく見つけ出したところで、素直に返しちゃくれねぇだろう。下手をすると、二度と着られないようにされているかもしれねぇ」

「あの野郎」

余一は女ときものを傷つける男が大嫌いだ。固くこぶしを握るのを見て、六助は話を続けた。

「そういう訳だから、おめぇだけが頼りなんだよ」

「頼られたって、できねぇものはできねぇ。『雪うさぎ』なんて時期外れだし、季節に合ったものを踊りたいと、大殿様とやらにお願いしてみたらどうだ。でなきゃ、足を怪我《けが》して踊れないとか」
「馬鹿を言いなさんな。そんなことを言ったら最後、二度とお声をかけてもらえなくなっちまう」
雪弥は何度も首を横に振った。
「あたしはこの通りの見た目だからね。芝居や踊りをほめられても、贔屓はひとりも
いなかったんだ」
舞台の上では芸の力で光り輝くことができる。だが、ひとたび舞台を降りてしまえ
ば、お世辞にも見た目がいいとは言えない。そんな雪弥を座敷に呼び、肩入れしてく
れたのは大殿様だけだという。
「あたしのおとっつぁんも泣かず飛ばずの大部屋役者だった。親子二代で懸命に稽古《けいこ》
をして、ようやっと巡って来た運なのさ。千吉なんかに潰されてたまるかってんだ」
大きな目をぎょろりと動かし、雪弥は両手の指を組み合わせる。余一は大きなため
息をついた。
「おめぇさんの事情はわかったが、できねぇもんはできねぇんだ。だいたい始末する
白無垢すらねぇんじゃ」
「わかった。今すぐ手に入れて来るからよ」

六助は最後まで言わせずに櫓長屋を飛び出した。

柄がそっくりなきものはめったにないが、白無垢はどれも変わらない。雪弥は小柄だから女物でも着られるし、すぐに見つかると思っていた。

ところが、古着屋を片っ端からあたっても白無垢はない。たまにあっても黄ばんでいて、大殿様に見せられるようなものではなかった。

暇さえあれば、余一に始末をさせられる。もしくは、白生地から仕立てることもできただろうが、二日ではどちらも間に合わない。一刻（約二時間）ほど走り回って、六助は手ぶらで櫓長屋に戻って来た。

「白無垢がないってどういうことさ」

「……面目ねぇ」

目をつり上げる雪弥の前で六助は頭を下げる。その姿を見かねたのか、余一が横から口を出した。

「白無垢は汚れやすいし、何度も着るもんじゃないからな。新しいうちに染めちまうことが多いのさ」

どうやら、余一はこうなることを見越していたようだ。一瞬、うらめしく思ったもののの、文句を言っても始まらない。元はといえば、自分がまいた種である。

余一の始末は神がかりでも、白無垢が手に入らなければどうにもならない。眉を下げる六助に雪弥が摑みかかった。

「ぼうっとしている暇があるなら、あたしの衣装を何とかしな。こんなことになったのは、あんたの情夫のせいなんだから」

「おい、それはどういう意味だ」

「いや、その、雪弥は何か勘違いしてるんだ」

余計なことを言い出され、六助は慌てて両手を振る。しかし、追い詰められた役者は黙らなかった。

「大殿様の前で踊ることができなかったら、あんたの情夫に衣装を盗まれたと触れ回るって言っただろう。やると言ったら、あたしはやるよ」

「くだらねぇ」

ぎょろ目をつり上げた相手に、余一は思い切り顔をしかめた。

「衣装を盗んだのは千吉で、とっつぁんは関わりねぇだろう。己が千吉と同じ真似をしているってわからねぇのか」

「あんなやつと一緒にしないどくれっ。そもそも、千吉があたしの衣装を盗んだからこんなことに」

「物事がうまくいかねぇからって、他人に当たって困らせる。どこが千吉と違うってんだ」

千吉と同じだと言われたことが、よほど腹に据えかねたらしい。雪弥は真っ赤になって噛みついたものの、言い返されて口をつぐんだ。不本意ながら、その通りだと認めたようだ。余一はうなだれる役者の頭を見下ろした。

「おめぇさんの選べる道は、ざっと四つだ。ひとつめはこの二日の間に千吉を捜し出す。二つめは、怪我をしたと言って日延べを申し出る。三つめは、大殿様に衣装を盗まれたと正直に打ち明ける。四つめはありあわせの衣装を着て、大殿様の前で踊る。さぁ、どれにするんだ」

「……どれも、ろくな思案じゃないね」

厳しい現実を突きつけられて、雪弥が眉間《みけん》にしわを寄せる。だが、さっきのように取り乱したりしなかった。

「おれのところに持ち込まれるのは、そのままでは着られないきものばかりだ。元通りになればいいが、そうならないものも山ほどある。だが、元通りにならないからと言って、投げ出す訳にもいかねぇ。何とか工夫して、また着られるように手を尽くす。おめぇさんの仕事は人前で芝居や踊りをすることだろう」

過ぎたことに文句を言っても始まらない。ましてそれが仕事なら、今からできることをしろ——余一の言葉に雪弥は腹をくったらしい。ぎょろ目をさらに大きく開いて六助を見た。

「六さん、あたしは座頭に白無垢を借りて『雪うさぎ』を踊るよ」

芝居小屋には「鷺娘《さぎむすめ》」の衣装である白無垢がある。南天の刺繍をしている暇がないのなら、借り物の白無垢でも同じだと雪弥は言った。

「千吉を捜している間に怪我でもしたら、それこそ目も当てられない。大殿様に衣装のことを聞かれたときは、稽古の最中に汚れたと言ってごまかすよ。それでご不興を買った場合は、あたしの芸が拙《つたな》かったってことさ」

「本当に白無垢でいいのか。赤い南天の裾模様があってこその『雪うさぎ』だろう」

「うるさいねっ。あんたがたった今、ありあわせの衣装で踊るしかないと言ったんじゃないか」

わかりきっていることを言われて、雪弥はいらいらと壁を叩く。余一は「だから」と言葉を継いだ。

「おれが言ったのはありあわせの衣装で、白無垢とは言っちゃいねぇぜ」

言葉の意味を摑みかね、雪弥はぎょろ目をしばたたく。六助は身を乗り出した。

「何かうまい思案があるのか」

「うまいかどうかわからねぇが、ひとまずお蔦師匠のところへ行ってみねぇか。師匠だって白無垢は持っているだろう」

「えっ」

「餅《もち》は餅屋だ。それこそうまい思案があるかもしれねぇぞ」

髪をふり乱した一昨日の姿を思い出し、六助は顔を引きつらせる。

だが、今日はお蔦の家に行くつもりで千吉の長屋に寄ったのだ。余一も一緒に行くのなら、かえって好都合かもしれない。六助は気を取り直し、重い腰を上げた。


三人が小網町のお蔦の家に着いたのは、七ツ半（午後五時）を過ぎた時分だった。家の主は六助の訪れを待ちかねていたらしい。「ごめんよ」と声をかけるなり、玄関に飛んで来る。

「六さん、遅いじゃないかっ。何をしていたんだい」

お蔦はそう怒鳴ってから、六助の連れが千吉ではないと知って目を眇める。その髪は一昨日と違ってちゃんと黒く染められていた。見た目の年で言えば、四十過ぎと言ったところか。

「余一さんを連れて来たのは、この間の意趣返しかい」

凍るような目つきで睨まれて、六助は顔の前で右手を振る。手短に千吉のことを伝えたら、お蔦は「そうだろうと思ったよ」と呆れ顔で呟いた。

「それにしても、知り合いの衣装を盗んで行方をくらますなんてね。お稲ちゃんがこれを知ったら、今度こそ愛想を尽かすだろう。本気だったと言われるより、かえってよかったかもしれない」

さばさばした口調で言われ、六助は「すまねぇ」と頭を下げる。それから、隣にいる雪弥の背を押した。

「この人が、千吉に大事な衣装を盗まれた市村座の山川雪弥だ。雪弥さん、この人はお蔦さんと言って、昔は水木流のお狂言師として鳴らした人だぜ」

とはいえ、お蔦が水木蔦歌として踊っていたのは三十年も前のことだ。自分が生まれる前のことを雪弥が知っているはずもない。それでも如才なくぎょろ目を細め、しおらしく両手をついた。

「山川雪弥でございます。どうぞよろしくお願いします」

「千吉なんかに衣装を盗まれて災難だね。力になれることがあれば、何でも言っとくれ」

同じ相手にひどい目に遭わされた者同士、お蔦は励ますように言う。余一は待ってましたとばかりに口を挟んだ。

「師匠ならそう言ってくれると思いやした。いきなりですまねぇが、白無垢を貸しておくんなせぇ。雪弥は三日後に贔屓の前で踊ることになってんでさ」

「なるほどね。演目は『鷺娘』かい」

「いいえ、あたしが考えた『雪うさぎ』という踊りでございます」

雪弥の答えにお蔦はなぜか眉をひそめる。そして、煙管《キセル》に煙草《タバコ》を詰めて雁首《がんくび》を火入れに近づけた。

「盗まれた衣装も白無垢なのかい」

白い煙を吐き出してから、お蔦は聞く。「いいえ、赤い南天の裾模様が入っていました」と雪弥は答えた。

「ですが、後二日で同じものを用意することはできませんから」

「ふうん」

お蔦は顋に手をやって考え込み、黙って煙草を吸っていた。ややして灰吹きに煙管を打ちつけると、「いいだろう」とうなずいた。

「おまえさんは女みたいに小柄だし、あたしの白無垢を貸してやるよ。その代わり、今ここで『雪うさぎ』を踊ってみておくれ。あたしは三味線が苦手なんで、音はなしになるけどね」

いきなり踊ってみろと言われて、雪弥は束の間ためらった。だが、すぐに腹をくったらしく、「かしこまりました」と承知する。

幸い、お蔦の白無垢は雪弥の身体にぴったりだった。まさか、余一はそれを見越してお蔦に借りようと言い出したのか。あれこれ思いを巡らしている間に、手ぬぐいで頭を隠した雪弥が踊り始める。

ある雪の晩、子供の作った雪うさぎが月の光を浴びて本物のうさぎに変わる。野山を飛び跳ねていたら狼《おおかみ》に襲われ、助けてくれた猟師に思いを寄せるようになる。

その後、雪うさぎは人間の女となって猟師の元に行き、二人は結ばれる。しかし春が来て、女は溶けて消えてしまう——それが「雪うさぎ」の筋らしい。

三味線の音がないので、雪弥の足音ははっきり聞こえた。それなのに部屋の中はしんとして、まるで降り積もった雪が音を吸い込んでいるようだ。いつの間にか、六助は踊る雪弥から目を離せなくなっていた。

舞い終えた雪弥が手をつくと、お蔦は納得したようにうなずく。

「やっぱり、この踊りには南天の裾模様が欲しいね。余一さん、何とか工夫できないのかい」

「あくまで、その場しのぎなら」

「あたしの白無垢はちゃんと元通りにして返しておくれよ」

「へえ」

含みのある二人のやり取りに六助は混乱してしまう。さっき、余一は「おれが言ったのはありあわせの衣装で、白無垢とは言っちゃいねぇ」と言っていた。

だが、始末をした白無垢を元通りにして返すなんて、そんなことができるのか。雪弥も不安そうにぎょろ目をぱちくりさせている。

ひとり余一だけが仏頂面のままだった。

六

雪弥が踊りを披露するのは深川の料理茶屋で、昼八ツ（午後二時）から暮れ六ツ（午後六時）前まで、大殿様が貸し切ったそうだ。

「さすがに御大名の御隠居様だ。お忍びでもやることが贅沢だな」

「当たり前だろう。土手の古着屋とは訳が違うよ」

六助が支度部屋に当てられた座敷を眺めていたら、大名屋敷に行ったことのあるお蔦が嗤《わら》う。

わざわざ他人に言われなくても、そんなことはわかってらぁ。むっとして言い返そうとしたとき、余一が中に入って来た。

「こんなところで何やってんだ。おれたちにはやることがあるだろう」

「そっちこそ何を言ってやがる。後は雪弥が踊るだけじゃねぇか」

余一の始末した「その場しのぎの白無垢」を六助はまだ見ていない。口を尖《とが》らせて言い返したら、余一は呆れたように額を押さえる。

「とっつぁん、おれたちがここにいるのはどうしてだ」

「そりゃ、千吉が雪弥の衣装を盗んだから」

言っている途中で気が付いて、六助は右手で口を覆った。

千吉は雪弥の足を引っ張ろうとして大事な衣装を盗んだ。その結果がどうなったか、きっと確かめに来るだろう。

「今の千吉は尋常じゃねぇ。用心したほうがいい」

「そうだな。ここまで来て、また邪魔をされちゃかなわねぇ」

見つけたらとっ捕まえてやると、六助の鼻息が荒くなった。

今日は貸し切りだから、大殿様とそのお供しか客として入ることができない。千吉はきっと裏から入ろうとするはずだ。六助と余一は料理茶屋の裏へ急いだ。

黒板塀のすぐ先に堀があるため、店の裏は人気がない。千吉が近づいて来ようものなら、すぐに気が付くだろう。六助は塀の陰に身をひそめて様子をうかがう。今のところ聞こえるのは流れる水音ばかりだった。

何をぐずぐずしてやがる。来るならさっさと来いってんだ。腹の中で舌打ちしたとき、「とっつぁん」と余一が小声で言った。

「師匠のところで見た雪弥の踊り、すごかったな」

「そうだな。踊っているときは別人みたいにきれいだった」

うさぎどころか魚みたいな顔なのに、まるで冷たい雪の化身がそこにいるようだった。

「お蔦師匠の変わりっぷりにも驚いたが、さすがに役者だ。化けるもんだぜ」

今日は三味線も加わった踊りを陰ながら見ることができるだろう。知らず胸が躍ったとき、雪弥と千吉がそれぞれ言っていた言葉を思い出す。

——千吉のような顔をしていたら、さぞかし人気が出たんでしょうけど。

——今から俺に何ができるってんだ。知っているなら教えてくれよ。

雪弥は千吉の見た目をうらやんだが、千吉は雪弥の芸を妬んで「雪うさぎ」の衣装を盗み出した。年を取れば、嫌でも見た目は衰える。千吉は雪弥の芝居を見て、打ちのめされたに違いない。

だが、他人の足を引っ張ったって、自分が浮かび上がれる訳ではない。馬鹿なことをしたもんだと六助が思ったとき。

「うさぎは考えなしだよな」

「へっ」

「まともな人じゃねぇなら、猟師と一緒になるべきじゃねぇ。とっつぁんもそう思うだろう」

「……何のことだ」

余一の漏らした呟きに六助はぽかんと聞き返す。

ややして、相手が「雪うさぎ」の筋について言っているのだとわかった。おまけに、自分と雪うさぎを重ねて考えているらしい。

おい、おめぇは雪うさぎって柄じゃねぇだろう。何よりお糸ちゃんが猟師ってのは、似合わねぇにもほどがあらぁ。

言い返そうとした瞬間、こっちに近づいてくる下駄の音に気が付いた。昔取った杵《きね》柄《づか》か、六助の耳は人の足音を聞き分ける。身構えた瞬間、角を曲がって千吉が姿を現わした。

「この野郎」

「千吉、観念しやがれっ」

「畜生っ」

一瞬早く飛び出した余一が千吉の腕を捻《ひね》り上げ、六助は逃がすものかと相手の腰にしがみつく。そのまま二人がかりで地べたに押さえ込んだところ、千吉は勝ち目がないと思ったのか、すぐにおとなしくなった。

「どうして、おめぇらがここにいるんだ」

納得いかないと言いたげに、千吉が身体を捻ってこっちを睨む。六助はここぞとせせら笑った。

「おめぇが雪弥とおれたちを引き合わせたんじゃねぇか」

千吉が雪弥の衣装を盗まなければ、自分と余一が雪弥と知り合うこともなかった。もったいぶらずに教えてやれば、千吉は歯ぎしりして悔しがる。

「だからって、俺の邪魔をしなくたって」

「よく言うぜ。他人の足を次から次に引っ張ったのはおめぇだろうが」

身勝手な言い草に呆れれば、千吉はふて腐れて口をつぐむ。余一はようやく口を開いた。

「ところで、盗んだ衣装はどうしたんだ」

そうだ、それがあったと、六助は千吉を摑んでいる手によりいっそう力を込める。余一は今度の始末が「その場しのぎだ」と繰り返した。本来の衣装で踊れるなら、それに越したことはない。目を輝かせた六助に千吉は嫌らしい笑みを浮かべた。

「そんなもん、とっくに切り刻んでやった」

「何だとっ」

「一寸刻みにしてやったから、余一でも元通りにできるもんか。へっ、ざまぁみやがれ」

きものをわざと粗末に扱う者を余一は毛嫌いする。きっと激しい怒りをぶつけるだろうと思っていたら、

「そんなに雪弥がうらやましいか」

意外にも声を荒らげず、さめた目で相手を見下ろした。

「おめぇなんかに何がわかる」

千吉は顔を真っ赤にして、余一に食ってかかった。

「雪弥はな、年中茶を挽いているような冴《さ》えない陰間だったんだぜ。親の代からの大部屋役者で、ほんの端役しかしたことがねぇ。それが似合いのやつだったんだ。それなのに、どうして……」

怒りで上ずっていた声が尻すぼみに小さくなる。本人だって馬鹿なことをやっていると、本当はわかっているのだ。

ならばこの際、とことん思い知らせてやるのが千吉のためだろう。六助は眉を撥ね上げた。

「それに引き替え、見世一番の売れっ子陰間は今でも床で励んでるってか」

「うるせぇ」

「むこうは立派な贔屓もついて、上り調子だってのによ。おめぇときたら、うまく女に化けたところで一文にもなりゃしねぇ。そのうち、山川雪弥と同じ見世で働いていたことが唯一の自慢になりそうだな」

嫌味たっぷりに言ってやれば、六助の下で千吉が激昂《げっこう》した。

「うるせぇ、うるせぇっ。不細工な雪弥より、俺のほうがはるかにきれいな女になれる。それなのに、どうして舞台の下から見上げていなくちゃならねぇんだ」

思いをぶちまけられたとき、六助は前に千吉が言っていたことを思い出した。あれは確か、須田町の矢五郎が土手の古着屋に嫌がらせをしていたときである。

――三月にはあれを着て芝居見物に行くつもりなんだ。

――とびきりの艶姿《あですがた》を板の上にいるやつに見せてやるつもりなのさ。

負けん気の強い千吉のことだ。昔馴染みにいい役が付いたと聞いて、張り合う気になったのだろう。だが、むこうは気付いてもいないと知り、たまらなくなったに違いない。

「俺が役者になっていたら、雪弥なんか足元にも及ばなかった。やつが役者になったのは、親が大部屋役者だったってだけじゃねぇか」

「役者になったきっかけはそうでも、芸を磨いたのは雪弥自身だ。見た目のよさにあぐらをかいて、世渡りして来たおめぇとは違う」

馬鹿馬鹿しいと言いたげに、余一が眉を寄せる。すると、千吉は余一を睨んだ。

「へっ、利いた風なことをぬかすんじゃねぇ。芸であれ、仕事であれ、若いうちに仕込んでくれる師匠がいてこそものになる。おめぇだってそうだろう。古着の始末を教えてくれた親方がいるだろうが」

「………」

「それに引き替え、俺が子供の時分に教わったのは床技だけだ。運のいいおめぇや雪弥とは違うんだよっ」

　駄々をこねる千吉に、余一は「それで」と冷たく返した。

「己は運が悪い、みじめだと言い立てて、これから先も生きて行くのか」

「うるせぇ、俺だって好きでこんなふうになった訳じゃ」

「おれだって好きでこんなふうになった訳じゃねぇ」

　殺気立った目で睨まれて、ようやく千吉が口を閉じる。余一は息を吸い込んだ。

「終わっちまったことはどうにもならねぇが、これから先のことはどうなるかわからねぇ。周りを妬んでいる暇にできることを考えろ」

　余一は千吉を叱《しか》り飛ばしてから、紐《ひも》で後ろ手に縛り上げた。そのまま引きずるようにして裏から料理茶屋に入って行く。六助は慌てて追いかけた。

「おい、どうするつもりだ」

「雪弥の踊りを見せれば、張り合ったって意味がねぇとわかるはずだ」

「だが、こいつがおとなしくしているかどうか」

「下手に騒げば、大殿様の不興を買って刀の錆《さび》になりかねねぇ。千吉だって命は惜しいだろう」

　なぁと水を向けられて、千吉は無言でそっぽを向く。大殿様のいらっしゃる座敷の隣の部屋に潜り込めば、すでにお蔦が座っていた。

「おや、色事師の千吉さんじゃないか。うちの弟子が世話になったね」

今日のお蔦は気合が入っているせいか、ちゃんと三十半ばに見える。きものも鶸《ひわ》色（黄味の強い萌葱《もえぎ》色）の地に二つ輪違い柄の若々しいものだ。それに豪華な蜀江《しょっこう》紋様の帯を合わせている。目に怒りを湛えながらも口元だけ微笑《ほほえ》む相手を見て、さすがの千吉も逃げ腰になった。

「言いたいことは山ほどあるけど、まずは今売り出しの山川雪弥の踊りを一緒に見物しようじゃないか」

てっきり怒り狂うと思っていたのに、お蔦は妙に落ち着いている。六助ははらはらしながらも、襖《ふすま》を少し開けて中の様子に目を凝らした。

後ろ姿の大殿様は薄くなった鬢《びん》に白髪が目立つ。お供の侍の姿は見えず、大殿様は仲居の酌ですでに酒を飲んでいる。

ほどなくして、余一の始末した衣装を着た雪弥が座敷に現われた。その姿に六助は千吉ともども目を瞠《みは》る。

「おい、何だって白無垢に赤い実と緑の葉が縫い付けてあるんだ」

「あの白無垢は借り物だから、後で裾模様を取らなきゃならねぇ。それで本物の南天の葉を縫い付けたのさ。実は赤い布を小さく丸めて南天に見立てたものだ」

「それなら、南天の実も本物にすれば」

「とっつぁん、今は四月だぜ。本物の南天は赤い実どころか、花も咲いちゃいねぇって」

呆れたような顔をされ、六助は胸の中で「あっ」と叫んだ。

南天の実が赤くなるのは寒い時期に限られる。それに、踊っている間に落ちるかもしれない。

しかし、今度ばかりは余一の始末も見事とは言い難かった。南天の裾模様には違いないが、明らかに取ってつけた感じがする。

大殿様はこの衣装を見て、何と思っていなさるか。眉を下げた六助の隣で、千吉が口を尖らせた。

「みっともない。ずいぶん手を抜いたもんだ」

「雪弥の芸に立派な衣装は必要ねぇ。おめぇもすぐにわかるだろう」

「なにっ」

「静かにおし、始まるよ」

お蔦が小声で叱ると同時に三味線の音が響き渡る。雪弥はその音に合わせて、うさぎのように飛び跳ねた。

　そのうち三味線の調子が変わり、雪弥がふと足を止める。そして、かぶっていた白い手ぬぐいを持ち上げて、振り向きざまにうっとり微笑む。熱を帯びたまなざしの先に恋しい男の影が見えた気がした。

「若いのに見事なもんじゃないか。さぁ、ここからが肝心だ」

　感心したようにお蔦は言うが、六助は聞いていなかった。それくらい、踊る雪弥に目と心を奪われていた。千吉も同様らしく、食い入るように見つめている。その横顔に余一が小声で話しかけた。

「雪弥は怪我をしたと申し上げて、踊らずにすませることもできた。だが、半端な衣装でも踊ることを選んだんだ。賜った衣装以外で踊れば、不興を買うかもしれねぇ。それを承知で踊ることを決めたのは、あいつが根っから役者だからだ」

「………」

「おれの始末もそうだ。白無垢は借り物、時はねぇ。それでも、できるだけのことをした。おめぇはみっともないと言ったが、雪弥の踊りを見てもそう思うか」

　千吉は返事をせずに雪弥の踊りを見つめている。踊りに合わせて動く布でできた南天の実は、白い雪の中に埋もれる本物の南天さながらだった。

「南天は難を転じるという。おめぇもいい加減、難を転じたらどうなんだ」

余一がそう締めくくれば、千吉は後ろ手に縛られた両手を固く握り締めた。

踊りは終盤になり、雪の化身である猟師の妻がとけて消え去る時が来た。雪弥はくるくる回ることで、はかなくなる身を表現する。舞台に倒れ伏した瞬間、雪の化身はなぜかしあわせそうに見えた。

「雪弥、ますます腕を上げたな」

「ありがとうございます」

大殿様からおほめの言葉を頂いて、役者は素早く起き上がる。門外漢の六助ですら、今日の踊りは素晴らしいと思った。大殿様もすっかり満足なさったようだ。

「ところで、その恰好はどうした。わしのやった衣装をなぜ着ない」

「それは……」

聞かれるだろうと思っていても、とっさに言葉が出ないらしい。うつむく雪弥を見て六助がまずいと思った刹那、廊下に面した襖が開いてお蔦が笑顔で現われる。

「この趣向はあたしが考えたんでございます」

いったい、いつの間に廊下に回っていたのだろう。六助たちが呆気《あっけ》に取られていると、お蔦はためらうそぶりも見せずに大殿様のそばに寄る。相手は驚きに満ちた声を上げた。

「その方……まさか、水木蔦歌か」

「はい、大殿様にはお変わりもなく」

「変わらないのはその方だろう。まことに女は化物だな」

驚いたことに、お蔦は大殿様と顔見知りだったらしい。

さすがはお狂言師、水木蔦歌と言うべきか。思いがけない成り行きに雪弥も目を瞠っている。お蔦はすました様子で若い役者のほうを見た。

「舞台に立つ者はみな化物でございます。このたびは、立派な衣装に頼ることなく大殿様の前で踊ってごらんと、あたしが雪弥をけしかけました」

「なるほど。道理で気合の入ったよい踊りだった。さすがは水木蔦歌、面白い趣向だったぞ」

「ありがとうございます」

すべて目論見通りと言わんばかりに、お蔦が微笑んで頭を下げる。どうにか無事に終わったと、六助は胸を撫《な》で下ろした。

そして、五日後。

「おい、どうしてくれんだ」

六助は櫓長屋で余一に愚痴をこぼしていた。

「おめぇのせいで、俺が千吉の面倒を見ることになったじゃねぇか」

「仕方ないだろう。千吉だって堅気になれば、馬鹿な真似をしなくなる。世のため、人のためだと思って、面倒を見てやんな」

「へっ、しゃらくせぇ」

こっちの文句を受け流されて、六助は口をへの字に曲げた。

雪弥が大殿様の前で踊りを披露した後、千吉はお蔦から「お稲ちゃんに謝れ」と命じられる一方、雪弥には「盗んだ衣装は返す」と言い出したのだ。

――おめぇ、さっきは切り刻んだと言ったじゃねぇか。

文句を言う六助に千吉は気まずそうな顔をする。「何度も切り刻もうとしたけど、もったいなくてできなかった」と言い訳する色事師に、今度は余一がとんでもないことを言い出した。

――きものが好きな千吉は、古着屋がいいかもしれねぇな。師匠、どう思う。

――そうだね。この男を堅気にしないと、また騙されて泣きを見る娘が出る。この際、六さんに古着商いを教えてもらいな。そうすりゃ、悪さもできなくなるだろう。

――あたしは衣装さえ無事に戻れば、千吉がどうなろうと知ったことじゃない。後はそっちで決めとくれ。

――六さんに商いを習うなんてぞっとしねぇが、この際、仕方がねぇか。

その場にいた四人――余一、お蔦、雪弥、千吉の間で勝手に話がまとまってしまい、六助が慌てて異を唱えても、まるで相手にされなかった。

「商いは飽きないで続けることが肝心なんだ。あの千吉に務まるもんか」

「だが、千吉は雪弥の衣装を傷つけられなかった。何より古着屋なら、とっつぁんですら務まっているじゃねぇか」

本当は、六助だってそう思わないでもないけれど、ここで「任せておけ」と言えるほど、人間はできていない。

面倒を押し付けてくれた相手に一矢報いてやらないと。六助は真顔で余一に言った。

「おめぇは『雪うさぎは考えなしだ。まともな人じゃねぇなら、猟師と一緒になるべきじゃねぇ』って言ったよな」

「ああ」

「だけど、まともな人だって、いつ何があるかわからねぇ。おめぇだって『終わっちまったことはどうにもならねぇが、これから先のことはどうなるかわからねぇ』って、千吉に言ったじゃねぇか」

いったい何が言いたいと、余一が怪訝《けげん》な顔をする。六助はあぐらをかいている脚を叩いた。

「俺が言いたいのは、お糸ちゃんを諦めるなってことだ」

「とっつぁん、それは」

「おめぇと一緒になったら、お糸ちゃんは苦労するかもしれねぇ。だが、天乃屋の若旦那と一緒になったって、しあわせになるとは限らねぇだろう。これから先のことは、誰にもわからねぇんだから」

自分が言った言葉を投げ返されて、余一が困ったようにうつむく。

他人の姿はよく見えても、自分の姿は見えづらい。同じように、他人のことなら冷静に考えられるが、自分のことだとおかしなことばかり考えてしまう。

「雪弥だってその場しのぎの衣装で踊り、大殿様におほめの言葉を頂戴したじゃねぇか。過ぎ去ったことは変えられなくても、この先のことはわからねぇ。だったらどうして、てめぇの未来を進んで諦めようとする」

強い調子で言ったとき、腰高障子が開いて千吉が顔をのぞかせた。

「六さん、いつまで道草を食ってんだ。いい加減、見世に戻ってくれよ」

ひとりで見世番をさせられて、どうやらしびれを切らしたらしい。眉をつり上げる千吉に六助は肩をすくめた。

「うるせぇな。今出るところだったんだよ」

仲居から「料理が遅い」とせっつかれた板前のようなことを言い、六助は余一の背中を軽く叩いて長屋を出た。

付録　主な着物柄

高麗格子《こうらいごうし》

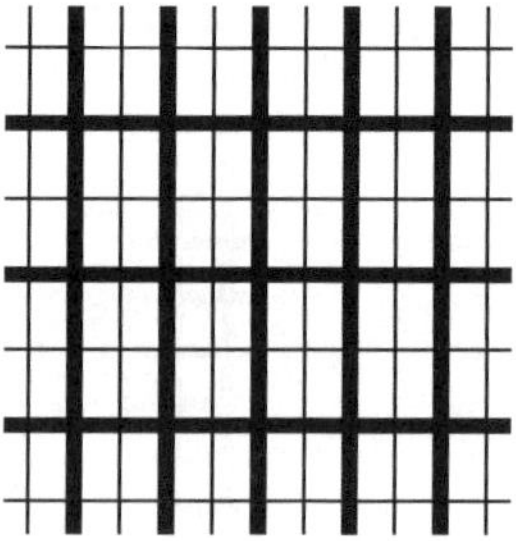

太い筋と細い筋を交互に等間隔に配し、横より縦の間隔が広くなるように交差させた縦長の格子。高麗屋が屋号の歌舞伎役者四代目松本幸四郎ゆかりの文様。「高麗屋格子」とも呼ばれる。

三多文《さんたもん》

「福」を表す「仏手柑」、「寿」を表す「桃」、「子宝の男子」を表す「柘榴《ざくろ》」の三つを組み合わせた文様。「多福、多寿、多男子」の「三多」から「三多文」と呼ばれる。

立《たて》涌《わく》

波状の縦筋を等間隔に並べて膨らみと凹みを繰り返すようにした縞柄。縞の膨らんだ部分に雲・波・藤などを配したものは、雲立涌・波立涌・藤立涌などと呼ばれる。

微《み》塵《じん》格《ごう》子《し》

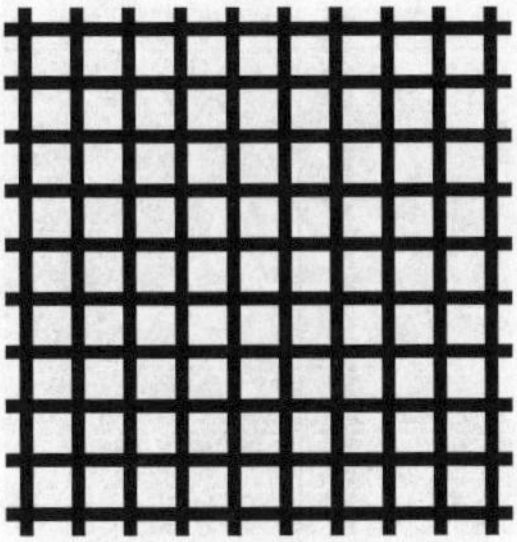

格子模様の中でも、最も細かい文様。

籠目紋《かごめもん》

竹などで編んだ籠の編み目を文様化したもの。星型の連続文様は鬼が嫌うとして魔除けの効果があるといわれている。

鉄線《てっせん》

鉄線は、蔓《つる》が鉄条のように丈夫で、初夏に白色や薄紫の花を咲かせる蔓草。この蔓を強調した文様を鉄線唐草文と呼ぶ。優美な姿が好まれ、紋章や紋様に多く取り入れられる。

いろは文字文《もじもん》

「いろはにほへと」のいろは四十七文字を文様化したもの。型絵染や絣などで素朴な味わいに表したものが多く見られる。

雨絣《あめがすり》

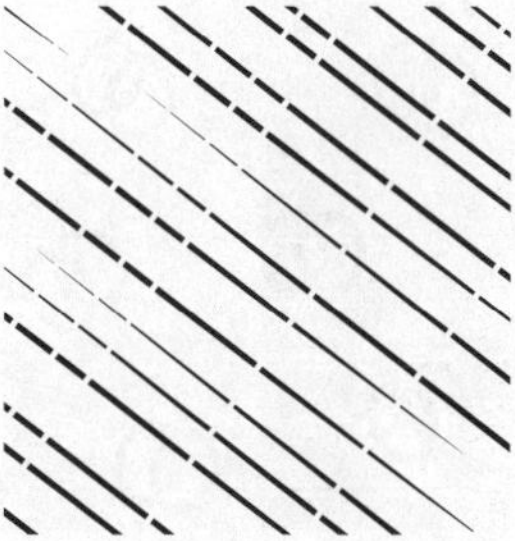

経糸《たていと》だけに絣糸を用いて、絣の足をずらして織ることで直線がところどころ切れ、雨が降っているように見える模様。

輪《わ》違《ちが》い紋《もん》

二つ以上の輪を組み合わせた文様。その数により、二つ輪違い、三つ輪違いなどと呼ぶ。図柄が連鎖し広がっていくのがめでたいとされ、家紋などにも用いられる。

蜀江文《しょっこうもん》

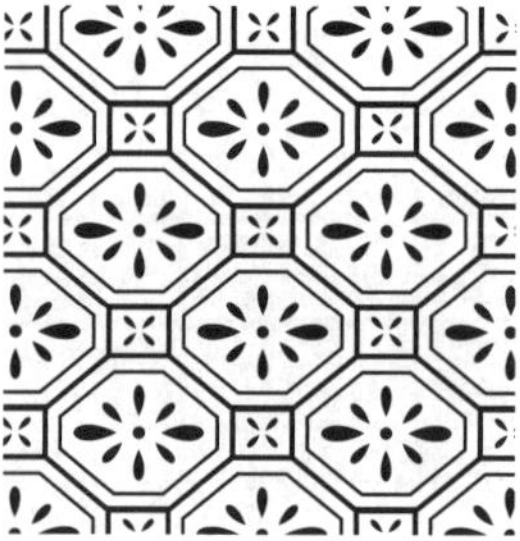

中国から伝来した蜀江錦に織り出された文様。八角形の四つ辺に正方形を連ね、その枠の中に牡丹、唐草、雲竜などの文様が入る。

米格子《こめごうし》

縦横の筋が碁盤目状に交差した四角形の連続したものを格子柄といい、その四角形の中に「米」を模した文様。

南天紋《なんてんもん》

南天の葉は毒を消すといわれ、赤い実はいつまでも落果しないことから縁起の良い木とされてきた。「難転（難を転じる）」に通ずることから吉祥文様として使われる。

時代小説文庫
な 10-5

なみだ縮緬《ちりめん》 着物始末暦《きものしまつごよみ》五

著者 中島《なかじま》 要《かなめ》

2015年8月18日第一刷発行

発行者 角川春樹

発行所 株式会社 角川春樹事務所
〒102-0074 東京都千代田区九段南2-1-30 イタリア文化会館

電話 03(3263)5247[編集] 03(3263)5881[営業]

印刷・製本 中央精版印刷株式会社

フォーマット・デザイン&シンボルマーク 芦澤泰偉

ISBN978-4-7584-3932-9 C0193

http://www.kadokawaharuki.co.jp/[営業]
fanmail@kadokawaharuki.co.jp[編集] ご意見・ご感想をお寄せください。